Nur zehn Tage

Für H.

M.P. Anderfeldt

NUR ZEHN TAGE

Thriller

Bibliografische Information der Deutschen Nationalbibliothek:
Die Deutsche Nationalbibliothek verzeichnet diese Publikation in der Deutschen Nationalbibliografie; detaillierte bibliografische Daten sind im Internet über http://dnb.dnb.de abrufbar.

Texte:	© Copyright by M.P. Anderfeldt
Umschlag:	© Copyright by M.P. Anderfeldt unter Verwendung von Werken von © Kolett - Fotolia.com; © Onion - Dreamstime.com
Kontakt:	M.P. Anderfeldt anderfeldt@gmail.com www.anderfeldt.de
Post:	M.P. Anderfeldt c/o M. Pfetscher Hofbauernstr. 22 81247 München

Herstellung und Verlag:
BoD – Books on Demand, Norderstedt

ISBN: 9783744881869

INHALT

Inhalt	5
Nacht	7
Minus 3 Jahre, 4 Monate	20
Tag 1	25
Minus 3 Jahre, 3 Monate	54
Tag 2	58
Minus 3 Jahre, 3 Monate	102
Tag 3	105
Minus 3 Jahre, 1 Monat	138
Tag 4	141
Minus 3 Jahre	171
Tag 5	176
Minus 3 Jahre	196
Tag 6	199
Minus 2 Jahre, 6 Monate	223
Tag 7	225
Minus 3 Monate	261
Nacht	265
Minus 3 Monate	275
Tag 8	278
Minus 1 Tag	290
Tag 9	293
Minus 10 Minuten	296

Tag 10   299

Danke! ... und ein wenig über mich   303

Sommerende – Leseprobe   305

Der kleine Vogel des Todes – Leseprobe   308

Dunkelheit über Tokyo – Leseprobe   313

Nachwort, aber kein Schlusswort   317

NACHT

Kein Film, stellte Midori fest. Sie hatte eigentlich damit gerechnet, dass ihr ganzes Leben noch einmal vor ihrem inneren Auge ablaufen würde, aber das war wohl auch eine leere Versprechung gewesen. *War ja klar.*

Nina neben ihr schrie irgendetwas und klammerte sich an ihrem Arm fest. Angesichts der Umstände konnte man es ihr wohl nicht übel nehmen, dass sie ihre langen Fingernägel in Midoris Unterarm krallte, und so verzichtete sie auf einen diesbezüglichen Hinweis. Ohnehin hatte sie keine Lust, etwas zu sagen und sah lieber nach draußen. Völlig schwarz lag das Meer unter ihnen.

Ich bin ein Sturmtaucher, der ins Meer stürzt. Kopfüber tauche ich in die Fluten. Wird es kalt sein? Natürlich. Das Meer ist immer kalt, außer an den winzig schmalen Rändern, wo die Menschen zu Tausenden in der Sonne liegen und ein paar Meter in das fremde Element eindringen. Dumm herumplanschen und sich dann am Strand ihren Hautkrebs heranzüchten.

Es wird kalt sein und dunkel und still. Hallo, Meer.
Sie zitterte.

Es rumpelte und die Insassen schrien auf, als die Maschine durchsackte. Midori spürte den Höhenverlust unangenehm in der Blase. *Wie in der Achterbahn,* dachte sie. *Ich hasse Achterbahnfahren.*

Trotz – oder gerade wegen? – des Geschreis hörte sie, wie irgendjemand etwas Monotones murmelte. *Ein Gebet? Wer ist hier denn religiös?* Gerne hätte sie sich umgedreht, um nachzusehen, aber die Maschine wackelte derart, dass sie aufpassen musste, dass ihr Kopf nicht ständig gegen die Scheibe knallte. Oder gegen die hysterisch schreiende Nina.

Jetzt ein Foto, dachte sie. Am liebsten wäre sie aufgestanden, hätte ihr iPhone der vorletzten Generation gezückt und alle fotografiert. *Zu sehen, wie sie in einer solchen Situation reagieren, das muss doch total interessant sein. Mit so einem Foto könnte man vielleicht einen Preis gewinnen.*

Naja. Eigentlich sollte ich jetzt wohl an meine Eltern denken, überlegte sie stirnrunzelnd. *Na dann, macht's mal gut. Eure Midori.*

PS: Danke für dein altes iPhone, Papa.

Der Aufprall war so hart, dass ihr Kopf nach vorne gerissen wurde und der Gurt schmerzhaft in ihr Becken einschnitt. Sie klappte zusammen wie ein Taschenmesser, ihr Gesicht krachte mit Wucht auf die Lehne des Sitzes vor ihr, während gleichzeitig ihre Füße mit Gewalt nach vorne gezogen wurden. Man hörte Plastik mit lautem Knallen splittern und das Stöhnen und Kreischen von geschundenem Metall. Es regnete Kunststoffsplitter und unzählige kleine Gegenstände flogen durch die Kabine nach vorn und prasselten gegen die Cockpitwand. Einen kurzen Moment war es dann ruhig. Sie waren beinahe zum Stillstand gekommen und schaukelten auf dem Wasser. Jemand stöhnte.

Ein wenig enttäuscht fragte sich Midori, ob das schon alles gewesen war. Oder hoffte sie es? Sie erinnerte sich an unzählige Broschüren mit Sicherheitshinweisen auf unzähligen Flügen. Unter der Überschrift »Notwasserung« sah man ein Flugzeug auf dem Wasser liegen, aus dem eine gelbe Rutsche ragte. Man musste dann Schuhe mit Absätzen ausziehen und durfte die Schwimmweste erst nach Verlassen des Flugzeugs aufblasen. Als sie noch klein war, hatte Midori sich immer gewünscht, dass es zu einer

Notwasserung käme und sie die lange Rutsche benutzen durfte.

Naja, eine Rutsche gab es hier sowieso nicht. Und dass Flugzeuge auf dem Wasser schwimmen können wie auf der Zeichnung, hatte sie schon länger bezweifelt.

Etwas knirschte, der Boden neigte sich nach vorne und es ging weiter. Sie sanken. Nein, sie tauchten hinab, sie schossen in die Tiefe. Midori fühlte sich benommen. Der Schlag gegen den Vordersitz hatte sie mitgenommen.

Als sie eiskaltes Wasser an ihren Füßen spürte, kam sie wieder zur Besinnung. Automatisch löste sie ihren Gurt. Sie sah neben sich. Ninas Oberkörper war nach vorne gebeugt, sie bewegte sich nicht. Die blonden Haare hingen ihr wirr ins Gesicht. Midori hob mit beiden Händen Ninas Kopf hoch und sah sie an. Ihre Augen waren geschlossen. Kein Lebenszeichen. War sie tot oder bewusstlos? Sie konnte nicht tot sein, oder?

Sie fand Ninas Gurtschnalle und zog daran, dann war das Wasser plötzlich überall. Die Strömung zog Midori nach hinten, hob sie aus dem Flugzeug hinaus. Das Heck musste abgebrochen sein. Sie wurde zum Spielball der

Strömung, wusste bald nicht, wo oben und unten war.

Dann sah sie, wie der hell erleuchtete Rumpf in die Tiefe schoss. *Wann wohl das Licht ausgeht? Wie war das noch in dem Film Titanic?* Rund um sie herum war alles voller Luftblasen, dann wurde es schwarz und Midori schwebte in der Finsternis des Meers. Allein in der Stille.

Sie erinnerte sich daran, wie sie mit ihrem Fahrrad manchmal ohne Licht durch die Nacht fuhr. So schnell sie konnte, trat sie in die Pedalen und raste über die Straßen. Hässliche Peitschenlaternen sausten an ihr vorbei, beleuchteten sie für einen kurzen Augenblick, dann tauchte sie wieder ein in die Nacht. Manchmal schloss sie dann die Augen und stellte sich vor, eins zu werden mit der Dunkelheit, sich einfach aufzulösen.

Ich bin eine Medusa. Ich brauche keine Augen. Es gibt nichts. Die Welt endet da, wo meine Tentakel aufhören. Sie schloss die Augen, versuchte, den Schwebezustand zu genießen. Sie bewegte sich nicht, versuchte, die Kälte zu genießen. Sie öffnete ihren Mund und stellte sich vor, wie ihre Körperwärme entwich. Sie bemerkte, wie sie einen Schuh verlor, er glitt von ihrem Fuß. Genau so würde ihr Leben auch bald davongleiten. Einfach so. So einfach.

Ohne Vorwarnung verkrampfte sich etwas in ihrem Magen. Sie wollte husten und konnte nicht. Sie strampelte mit den Beinen und ruderte wild mit den Armen. Keuchend kam sie an die Oberfläche. Gierig sog sie die Luft ein, dann hustete sie und spuckte Salzwasser aus. Er war vorbei, der perfekte Moment war vorbei. Alle Schönheit war dahin.

Sie hatte Wasser im Ohr, aber sie hörte irgendjemanden schreien oder rufen. Sie hielt den Kopf schief, in der Hoffnung, dass das Wasser aus ihrem Gehörgang fließt, und sah sich um.

Im fahlen Licht der Sterne erkannte sie undefinierbare Formen um sich herum schwimmen. *Wrackteile*, dachte sie, *wie dramatisch. Allein das Wort klingt romantisch und verheißungsvoll.*

Vor ihrem inneren Auge sah sie bereits den Bericht in der Tagesschau. Man würde von Bord eines Hubschraubers sehen, wie Männer in orangefarbenen Schlauchbooten mit Außenbordmotor das graue Wasser durchsuchten. Man würde einen Taucher sehen, der sich rückwärts ins Wasser gleiten ließ. Am unteren Rand des Bildschirms wäre der Name des Reporters eingeblendet. Würde man weinende Eltern zeigen? Vermutlich nicht in der Tagesschau, vielleicht auf irgendeinem Privatsender.

Alles schon tausend mal gesehen. Sie seufzte. *Nichts Neues unter der Sonne. Beziehungsweise unter dem Sternenhimmel.*

Die Wellen waren nicht hoch, aber es war sehr dunkel. Sie konnte keinen Mond am Himmel erkennen und die Sterne gaben nur wenig Licht. Es würde schwierig sein, hier andere Schwimmer zu sehen. Erst jetzt bemerkte sie, wie sie fror. Midori versuchte, sich auf ein größeres Wrackteil zu ziehen, aber sie war wohl zu schwer und drückte es nur nach unten. Sie ließ es los und drehte sich langsam im Wasser um ihre eigene Achse, um sich zu orientieren. Auf einer Seite schien der Horizont schwärzer zu sein und es waren keine Sterne zu sehen. Vielleicht war da eine Insel. *Oder eine Wolke,* dachte sie und schmunzelte. *Rettest du mich, Wolke?* Sie würde einfach auf der Wolke reiten, so wie Heidi im Vorspann der Zeichentrickserie.

Sie räusperte sich. »Ich schwimme zu der Insel. Will jemand mit?«, fragte sie so laut sie konnte.

Ein unartikuliertes Schreien war die Antwort. Midori verdrehte die Augen. *Na super, wen haben wir denn da?* »Der Letzte ist eine lahme Ente«, rief sie und schlug ein paar Mal mit der flachen Hand aufs Wasser.

»Hilfe!«, kreischte jemand panisch.

Mit ein paar kräftigen Zügen schwamm Midori in die Richtung, aus der sie den Ruf gehört hatte. »Ist ja gut, ich mache nur Spaß.«

»Midori? Midori???« Die Stimme überschlug sich fast.

»Ich freue mich auch, dich zu sehen, Hannah.« Midoris Zähne klapperten, sie war aber entschlossen, sich das nicht anmerken zu lassen. »Hast du zufällig noch jemanden hier herumplanschen sehen?«

»Nein. Ich bin … es war … auf einmal …«

»Dann verschwinden wir hier, was?«

»Aber *wohin* denn?« Hannah klang hysterisch.

»Da vorne ist eine Insel«, antwortete Midori. *Vielleicht ist es auch eine Wolke*, fügte sie in Gedanken hinzu, entschied aber, das lieber nicht laut zu sagen.

»Wo ist Nina?«, fragte Hannah.

»Ich weiß es nicht«, antwortete Midori ernst. *Ich habe auch keine Ahnung, wo die anderen sind.* »Wir müssen aber weg hier. Das Wasser ist kalt und ich möchte jetzt gerade keinen Muskelkrampf bekommen.«

»Aber wir können doch nicht …«

Midori bewunderte Hannah für ihre selbstlose Einstellung. Sie war bestimmt völlig verängstigt und mit Sicherheit war sie weit weniger sportlich als sie selbst – und doch dachte sie an ihre beste Freundin. *Der Gewinner der diesjährigen posthum verliehenen Medaille für größtmögliche Selbstlosigkeit bei kleinstmöglicher Intelligenz geht an – Hannah! Tosender Beifall.*

»Wir müssen, Hannah. Wir müssen.«

Schweigend schwamm Midori los und sah sich alle paar Züge nach Hannah um. Hannah schien kaum den Mund über Wasser halten zu können und auch Midori bemerkte, wie die Kälte ihre Muskeln zu lähmen begann. *Scheiße, ist mir kalt. Lange halten wir das nicht durch.*

»Ob es hier Haie gibt?«

Oh, Hannah, dachte Midori, *wir ersaufen gleich und du hast nur den Weißen Hai im Kopf.* »Die schlafen jetzt. Haie sind doch tagaktiv.«

»Ah.« Hannah klang beruhigt. Anscheinend hatte sie ihr das abgekauft. Nur sich selbst konnte Midori nicht belügen. Unbehaglich sah sie nach unten. Wie tief das Wasser wohl war? Ob es hier wirklich Haie gab? Glitt in diesem Moment ein sechs Meter langer Hammerhai unter ihnen hinweg und blickte hungrig nach oben? Oder gab es andere, noch schlimmere Tiere – Tintenfische mit riesigen, kalten Augen, die sie in die Tiefe ziehen würden?

Nach einer Weile hörte Midori die Brandung und sah weiße Schaumkrönchen. Das Ufer konnte nicht mehr weit sein. Sie hob den Blick. Ein großer Teil des Himmels war völlig schwarz, die Insel musste ziemlich hoch sein. Vielleicht war es ja die Vulkaninsel, zu der sie gewollt hatten.

»Ich schaffe es nicht …«, stöhnte Hannah und ihre Zähne klapperten.

»Doch, du schaffst das.« Das klang nicht sehr überzeugend. Es ist schwer, einen optimistischen Eindruck zu machen, wenn man selbst völlig erschöpft ist.

Midori hatte mal gelesen, dass Ertrinkende überhaupt nicht mehr sprechen konnten, weil sie so damit beschäftigt waren, sich über Wasser zu halten. Dafür brauchten sie all ihre Energie. Darum schlugen sie auch nicht wild mit den Armen, wie man das immer im Fernsehen sah, sondern versanken einfach langsam. Ein letzter Blick, dann verschwanden sie stumm in der Tiefe.

Midori seufzte. »Leg dich auf den Rücken. Ich ziehe dich ein Stück«

Vorschlag für meine Grabinschrift: Hier ruht Midori – sie war zu gut für diese Welt.

»Danke.«

Das Salzwasser bot genug Auftrieb, sodass Hannah auch beinahe ohne Bewegung nicht versank. Midori wusste nicht, wo sie Hannah greifen sollte. Eine Weile überlegte sie, ob sie sie an den Haaren ziehen sollte, schließlich umfasste sie ihren Kopf unter dem Kinn.

Midori war zwar sportlich, aber keine geübte Schwimmerin und so war sie schnell außer Atem und hatte das Gefühl, dass sie überhaupt nicht von der Stelle kamen. Sie verschnaufte und legte den Kopf in den Nacken. Die Sterne leuchteten wie Edelsteine, unglaublich fern, eiskalt und wunderschön. Noch nie hatte sie sie so strahlen sehen. Sie fühlte sich allein. *Hier bin ich, ein winziger Punkt in einem schwarzen Meer, auf einer winzigen Kugel im schwarzen Weltraum. Welchen Unterschied macht es, ob ich kleiner Punkt in das dunkle Meer eintauche und nie wieder hoch-komme?*

Während sie auf der Stelle trat, spürte sie Sand unter den Füßen und stellte sich hin. *Herrlich seicht, der perfekte Familienbadestrand*, dachte sie und watete langsam weiter. Hannah ließ sie einfach weiter im Wasser treiben.

»Midori?!«, meldete sich Hannah und hatte schon wieder Panik in der Stimme. Sie planschte hektisch herum.

»Von hier geht's zu Fuß weiter«, rief Midori ihr zu. Als sie ins niedrigere Wasser kam, fühlte sie sich unglaublich schwer. Jeder Muskel tat ihr weh. Sie musste sich nicht umdrehen, um zu wissen, dass es Hannah genau so ging.

Ich bin eine Meeresschildkröte auf dem Land. Lang-sam bin ich hier und behäbig. Ich lege noch schnell meine Eier in den Sand, dann sterbe ich. Vielleicht gehe ich auch zurück ins Meer, keine Ahnung, wie das bei Schildkröten ist.

Sie erreichten das Ufer und todmüde legten sie sich gleich auf den Strand. Obwohl der Sand eiskalt war, schliefen die Mädchen beinahe sofort ein.

MINUS 3 JAHRE, 4 MONATE

Paula war das geborene Opfer. Sie war erst seit knapp einem halben Jahr in ihrer Klasse, und obwohl sie sich redlich bemühte, brauchte sie nur den Mund aufzumachen und jeder erkannte sofort, dass sie aus Sachsen kam. Allein ihr Dialekt prädestinierte sie für die Opferrolle. Dazu hatte sie noch eine altmodische Brille, und wenn sie lachte, meckerte sie eigenartig.

Midori erinnerte sich, wie ihr Klassenlehrer ihnen ihre neue Mitschülerin Paula vorgestellt hatte und sie zum ersten Mal vor der Klasse gestanden hatte. Mit knallrotem Kopf hatte sie auf den Boden gestarrt und Midori hatte sich gefragt, wann wohl die Brillengläser von innen beschlagen würden. Der Lehrer hatte sie dann an einen freien Platz geführt, allein an einer Bank in der letzten Reihe.

In den nächsten Wochen hörte man nicht viel von Paula. Sie meldete sich nie, und wenn ein Lehrer sie etwas fragte, wusste sie meist gar nicht, worum es ging und blätterte hektisch in ihrem Buch. Natürlich wurde sie auch dabei wieder knallrot.

Manchmal gab sie auf Fragen eines Lehrers auch so komische Antworten, dass die ganze Klasse in schallendes Gelächter ausbrach. Mit der Zeit rechneten alle mit einer lustigen Antwort, sodass es sofort still wurde, sobald sie aufgerufen wurde. Alle drehten sich dann erwartungsvoll zu ihr um, weil keiner etwas verpassen wollte.

Nein, Paula war niemand, den man unbedingt zur Freundin haben wollte. Zumindest, wenn man als halbwegs cool gelten wollte.

Midori fand es eigentlich doof, dass jemand nur wegen seiner Herkunft fertig gemacht wurde. Sie war einmal zwei Wochen in Japan in die Grundschule gegangen und trotz ihres deutschen Akzents, und obwohl sie überhaupt nicht mitreden konnte, wenn sich die anderen über Musik oder Zeichentrickserien unterhielten, hatte sich niemand über sie lustig gemacht. Vielleicht hatte sie deshalb ein schlechtes Gewissen gegenüber Paula.

Irgendwann, als die Neckereien der anderen immer schlimmer wurden, beschloss sie, sich Paulas anzunehmen. Später fragte sie sich, *warum* sie das getan hatte und kam zu dem Schluss, dass sie wohl einfach ein nettes Mädchen gewesen war. Ein dummes Mädchen.

Die Chance, Paula zu helfen, kam, als der Sitzplatz neben Midori frei wurde. In der Pause ging Midori zu Paula, die ganz allein auf der Garderobenbank saß und ihr übliches Leberwurstbrot verzehrte. Die Wurst roch ziemlich streng und Midori wunderte sich, wie man so etwas essen konnte. Sie ließ sich aber nichts anmerken, sondern fragte Paula einfach, ob sie sich in der nächsten Stunde nicht zu ihr setzen wollte. Paula wurde wieder rot und wagte nicht, Midori anzusehen. Nervös spielte sie mit ihrer gelben Tupperdose und öffnete und verschloss sie immer wieder. Midori sah das Motiv auf der Dose und sagte: »Hey, ist das Totoro? Cool.« ... *wenn man acht Jahre alt ist.* Paula sah erstaunt auf. Offensichtlich war sie es nicht gewohnt, dass jemand etwas an ihr cool fand. Midori summte die Titelmelodie des Films, aber Paula schien ihn nicht zu kennen und sah sie nur verständnislos an.

»Na, überleg's dir mal, ja?«, sagte Midori und ging weiter.

Zu Beginn der nächsten Stunde saß Paula tatsächlich neben Midori. Anfangs sah sie Midori unsicher an, wahrscheinlich befürchtete sie, dass alles nur ein böser Scherz gewesen war und so verstanden es auch Midoris Freundinnen. Sie konnten nicht glauben, dass die Außenseiterin plötzlich in *ihrer Reihe* saß. Sie sorgten sich wahrscheinlich um ihr eigenes Image als coole Mädchen. Als ob Paula eine ansteckende Krankheit hätte.

Sie machten sich über Midoris »Sozialfall Baula« lustig, aber schließlich mussten sie einsehen, dass sie es ernst meinte. *Sie werden sie schon noch akzeptieren,* hoffte Midori.

Paula war eine Träumerin. Immer wieder sah sie im Unterricht aus dem Fenster, statt aufzupassen; wenn Midori dann aber auf Paulas Buch klopfte, kam sie wieder zu sich. Es tat ihr gut, neben Midori zu sitzen: Wenn ein Lehrer sie aufrief, waren ihre Antworten jetzt nicht mehr völlig daneben, hin und wieder waren sie sogar richtig.

Dafür hing sie wie eine Klette an ihrer Wohltäterin und Midori befürchtete, ihre alten Freundinnen zu verlieren. Sie hatte bis dahin zu einer ziemlich coolen Clique gehört, aber ihre

Freundinnen schienen nicht bereit, Paula in ihren Kreis aufzunehmen.

Ihre große Schwester Aoi, die Midori oft um Rat fragte, empfahl ihr, Paula auch mal die kalte Schulter zu zeigen. Und so entfloh sie ihr manchmal in der Pause oder auf dem Heimweg. Paula störte das anscheinend nicht, und sie schien den dezenten Hinweis auch nicht zu verstehen.

TAG 1

Als Midori erwachte, stand die Sonne bereits hoch am Himmel. Sie hatte rasende Kopfschmerzen und jeder Muskel tat ihr weh. Ihre Kehle fühlte sich so trocken an, als hätte sie die ganze Nacht mit dem Mund im Sand geschlafen. Was vermutlich der Wahrheit entsprach.

Sie setzte sich auf und blinzelte in die Sonne. Hannah stand am Ufer und blickte auf das Meer hinaus, das strahlend blau vor ihr lag. Ihre zerfetzte Kleidung und ihre alabasterfarbene Haut verliehen ihr ein seltsam malerisches Aussehen. *Caspar David Friedrich, Die Schiffbrüchige,* dachte Midori. In Gedanken stellte sie das Bild in einen goldenen Rahmen und hängte es in einem Museum auf. Schade, dass ihr iPhone auf dem Grund des Atlantiks lag, das wäre ein tolles Foto und mit ein paar Filtern würde es wirklich aussehen wie ein romantisches Ölgemälde.

Hannah drehte sich um und sah Midori an. »Du bist aufgewacht.«

Es sind Sätze wie dieser, die mich an der Menschheit zweifeln lassen. Midori nickte und wollte etwas sagen, aber ihre Kehle fühlte sich so trocken an, dass sie wahrscheinlich nur hätte krächzen können. So beschränkte sie sich auf ein Räuspern.

Hannah wandte sich wieder dem Meer zu. »Glaubst du, wir sind die einzigen Überlebenden?«

»Hast du was zu trinken?«, fragte Midori mit rauer Stimme.

Hannah bedachte sie mit einem Blick voller Verachtung. »Willst du gar nicht wissen, wo Herr Kugler ist? Und Nina und die anderen? Interessiert dich das gar nicht?«

Midori schloss die Augen. *Wie undankbar, hast du etwa vergessen, wer dich gestern aus dem Meer gefischt hat?* »Ich habe Durst.«

Hannah seufzte. »Ich habe leider auch nichts. Glaubst du, wir werden bald gerettet?«

»Auf jeden Fall möchte ich vorher noch was trinken.« Midori stand auf und sah sich um. Vielleicht hätten sie ja Glück und eine Kiste aus dem Flugzeug war angespült worden. *Vielleicht ist gleich ums Eck ja auch ein verdammter Robinsonclub.* In jedem Fall brauchte sie etwas zu trinken. Wortlos drehte sie sich um und ging am Ufer entlang.

»Hey! Wohin willst du denn? Du kannst mich doch hier nicht allein lassen.« Hannah sprang auf und eilte Midori hinterher.

Barfuß stapfte Midori durch den heißen Sand. Ihr schwarzes T-Shirt und die abgeschnittene schwarze Jeans heizten sich in der prallen Sonne auf, aber sie beschloss, sie anzulassen, sonst hätte sie bald einen Sonnenbrand, der sich gewaschen hat. *Wenn auch nicht so schlimm wie der von Hannah*, dachte sie mit einem Seitenblick auf ihre Begleiterin. Die Haut des rotblonden Mädchens leuchtete bereits jetzt hellrot.

Midori stieg über einen Ast, vermutlich Treibgut, und hob ihn auf. Sie rammte ihn in den Boden.

»Glaubst du, das sehen unsere Retter?«, fragte Hannah zweifelnd.

Midori wandte sich ab und verdrehte die Augen. »Das ist für uns, damit wir wissen, wo wir losgelaufen sind.«

»Aber sie werden uns doch sicher bald holen, oder?«

»Lassen wir uns überraschen.«

»Wie meinst du das, *überraschen*? Die finden uns doch bald, meinst du nicht?« Ihre Stimme zitterte. *Geriet sie jetzt auch noch in Panik?*

»Ja, ja, bestimmt. Sie können doch die Crème de la Crème der deutschen Jugend nicht im Stich lassen. *Mango* und *Desigual* müssten ja Konkurs anmelden.«

Hannah warf ihr einen verunsicherten Blick zu, dann stolperte sie weiter hinter ihr her.

Der feine, gelbe Sand war so heiß, dass die Füße schmerzten und so hielt Midori sich nahe am Wasser, auch wenn dadurch der Weg weiter war. Am Rand des Strands wuchs ein Wäldchen mit dichtem Unterbewuchs. Im Innern der Insel sah sie Hügel. Oder eher schon Berge. Wie groß die Insel wohl war?

Midoris Füße schmerzten, als sie über spitze Felsen klettern mussten, sie wollte sich aber nichts anmerken lassen, weil Hannah auch nicht klagte. Vermutlich war die öfter im Freibad und hatte eine Hornhaut an den Füßen oder so. Midori hasste das Freibad und alles, was damit zusammenhing – Posieren im Bikini, Kichern und Flirten mit pickligen Jungs. Sie biss die Zähne zusammen und eilte weiter. Ihre

Zunge fühlte sich in ihrem Mund an wie ein riesiger, trockener Schwamm. Sie wusste, dass sie bald Wasser finden mussten, sonst würde es unangenehm.

Sie kamen an eine Stelle, wo der Strand nur ein schmaler Streifen war, weil die Felsen ganz nah ans Wasser kamen. Auf der einen Seite ragte eine steile Felswand auf, während auf der anderen das Meer lag. Bei Flut konnte man hier vermutlich gar nicht mehr passieren. Oder war gerade Flut?

Interessiert betrachtete Midori die Steilwand und fand, was sie suchte. Ein schmaler, dunkler Streifen verlief von oben nach unten. Prüfend berührte sie die Stelle mit dem Finger und steckte ihn dann in den Mund. Zufrieden lächelte sie.

»Wasser?«, fragte Hannah.

Midori nickte triumphierend.

»Aber das sind ja nur ein paar Tröpfchen. Das nützt uns doch nichts.« Misstrauisch beäugte sie das Rinnsal. »Ist das überhaupt gut?«

Midori hatte keine Ahnung. Konnte das Wasser giftig sein? Niemals. Oder doch? »Wir können ja auch weitersuchen, vielleicht finden wir eine Evian-Quelle.«

Hannah schnaubte unwillig.

Die Mädchen untersuchten die Wand, ob es irgendwo ein natürliches Becken gab, wo sich das Süßwasser sammelte, doch sie fanden nichts. Das Wasser schien in ein paar Metern Höhe aus dem trockenen Felsen zu kommen und floss dann daran herab in den Sand und ins Meer.

Midori dachte nach, dann zog sie ihre Jeans aus. Zum Glück trug sie ihre Bikini-Hose darunter. Hannah sah sie völlig verständnislos an, wagte aber nicht, eine Frage zu stellen. Midori klemmte die Hose in den Felsen, dort, wo das Wasser floss.

»Wenn die Hose vollgesaugt ist, können wir etwas trinken. Am Anfang ist es sicher salzig, weil ich ja mit der Hose im Meer war.« Midori war unglaublich stolz auf ihre Erfindung, wollte das aber auf keinen Fall zeigen und vermied es, Hannah anzusehen.

Die starrte sie an, offensichtlich hin- und hergerissen zwischen der Bewunderung für die geniale Idee und dem Ekel, womöglich Wasser aus einer Hose saugen zu müssen.

»Du musst es natürlich nicht trinken, wenn du es abstoßend findest. Bestimmt ist hinter den Felsen eine Cocktailbar. Geh nur schon vor und sichere uns einen Tisch.«

»Musst du eigentlich immer so sein?«, fragte Hannah genervt.

Midori drehte sich langsam zu ihr und sah sie kalt an. »Wie bin ich denn deiner Meinung nach?«

»Na, du weißt schon.« Sie sah Midori hilfesuchend an, doch die zuckte mit keiner Wimper. »So ... kalt und so ironisch.«

Midori verdrehte die Augen. »Ironisch? Warum versteht eigentlich keiner, was *ironisch* bedeutet? Das Wort, das du suchst, heißt *sarkastisch*. Dachte, du bist im Deutsch LK.« Damit stapfte sie weiter.

Hannah blieb noch kurz stehen, dann atmete sie tief ein und folgte ihr in einigem Abstand.

Etwa eine halbe Stunde später war der Durst unerträglich geworden. Hungrig war Midori auch, aber der Hunger würde warten müssen. Sie überlegte, ob sie schon umkehren sollte, um wenigstens ein bisschen Wasser aus ihrer Hose zu saugen. Sie drehte sich um und sah zurück. Ein paar Schritte hinter ihr ging Hannah. Sie interpretierte Midoris Blick als Fürsorglichkeit und lächelte sie an. *Wie ein Hündchen,* dachte Midori, *fehlt nur noch, dass sie mit dem Schwanz wedelt.*

Hannah deutete nach vorne. »Da! Schau mal, da!«

Midori kniff die Augen zusammen. Weiter vorne lag etwas am Strand. Vielleicht Gepäck oder ein Teil des Flugzeugs. Nein, dass ein Teil des Flugzeugs so weit angetrieben käme, konnte sie sich nicht vorstellen. Obwohl – sagten sie während der Sicherheitsinstruktionen nicht immer, dass man das Sitzpolster auch als Floß benutzen konnte? Irgend so was.

Vielleicht war es auch ein weiterer Überlebender – oder ein Toter. Wie würde Hannah reagieren, wenn sie die aufgedunsene Leiche eines Klassenkameraden fänden? *Und wie wirst du selbst reagieren, harte Midori?*

Nina wäre bestimmt auch als Leiche schön. So wie in dieser amerikanischen Fernsehserie aus den 80er oder 90er Jahren, die ihr Vater immer auf DVD schaute. Sie konnte sich genau an die

Musik erinnern: *dummm, dumm-dumm, dummmm. Was stand da immer im Untertitel?* »Wer hat Lilli Palmer getötet?« *oder so. Nein, Lilli Palmer war jemand anderes gewesen. Na, egal.* Anscheinend wurde in der Serie diese Frage auch nur ungenügend beantwortet, denn als sie einmal die DVD-Packung in die Hand genommen und ihren Vater in aller Unschuld gefragt hatte: ›Und? Wer hat sie nun getötet?‹, da hatte er zwar eine halbe Stunde lang erzählt, aber danach war sie genau so schlau wie vorher gewesen.

Hannah rannte zu dem farbigen Bündel hin. Eindeutig ein Mensch, da lag jemand mit dem Gesicht im Sand, die Beine waren noch im Wasser. Eindeutig ein Mädchen. Wellen spülten sanft über die nackten Füße. Hannah beugte sich über den Körper, doch dann verließ sie anscheinend ihr Mut. Sie tippte der Gestalt mit dem Zeigefinger auf die Schulter, als habe sie Hemmungen, sie mit der Handfläche zu berühren. Midori versuchte sich zu erinnern, wer ein grünes Polohemd und eine weiße Hose getragen hatte, aber sie kam nicht drauf. Nina jedenfalls nicht, die trug etwas Exquisiteres.

Midoris Herz klopfte bis zum Hals. Sie trat heran und fasste den liegenden Körper an der

Schulter. Sie fühlte sich kalt und nass an. Mit Schwung drehte sie den Oberkörper herum. Hannah zog hörbar den Atem ein. Mit weit aufgerissenen Augen starrte ein Mädchen zum Himmel. Ihre Lippen waren genau so bleich wie ihre Haut. Konnten Lippen so weiß sein? Dunkler, nasser Sand klebte in ihrem Gesicht wie die schlecht gemalten Bartstoppeln eines Räubers in einem Schultheaterstück.

»Mia«, sagte Hannah überflüssigerweise.

Bitte, bitte, frag nicht, ob sie tot ist, dachte Midori. Nein, sie dachte es nicht. Sie schrie es innerlich.

»Ist sie … ist sie tot?«

Verdammt, Hannah! Sind wir hier in einer Scheiß-Vorabendserie oder was? Was für eine Antwort erwartest du: Nein, sie schläft nur, mein Liebes? Oder: Sie ist jetzt an einem besseren Ort? Aber Midori beherrschte sich.

»Ja«, erwiderte sie ruhig und atmete langsam aus. Midori kannte Mia kaum. Mia hing immer mit Vanessa herum. Sie glaubte sich zu erinnern, dass Mia mal bei »Jugend musiziert« irgendwas gewonnen hatte. Ihre Mutter hatte ihr das erzählt; vorwurfsvoll, weil Midori selbst das Geigespielen aufgegeben hatte. Was hatte sie noch gespielt? Klarinette? Oboe? Naja, hiermit wäre ihre Musikkarriere jedenfalls offiziell beendet. Aus irgendwelchen Gründen hatte sie das Bild eines Sinfonieorchesters im Kopf, in dessen Mitte ein Platz leer war.

»Wir müssen sie nach oben ziehen«, befahl Midori und fragte sich gleichzeitig, warum sie glaubte, das tun zu müssen. Zum Glück stellte Hannah keine solchen Fragen. Sie nahmen die Arme der Ertrunkenen und schleiften sie weiter nach oben auf den Strand. Sie war schwerer als erwartet und als Midori sich umdrehte, sah sie, dass Mias Kopf nach hinten gefallen war. So, als ob sie nachsehen wollte, wer sie so unsanft über den Strand schleifte.

Sie legten sie in den Schatten der Bäume, die am Rand der hellen Sandfläche wuchsen.

Midori fiel ein, dass sie ihr jetzt eigentlich die Augen zudrücken sollten. Das sah im Fernsehen ganz leicht aus, man strich praktisch nur einmal von oben nach unten über die Augen. Sie versuchte es ganz vorsichtig, aber die Augen blieben offen. *Tja, das Leben ist eben kein Film, Midori. Der Satz könnte glatt von meinem Vater sein, Gesammelte väterliche Weisheiten, Band XII.* Midori hatte keine Lust, noch einmal die Augen der Toten zu berühren und so drehte sie

Mias Kopf zur Seite. Sie konnte sie schließlich auch nicht einfach so in den Himmel glotzen lassen.

»Da ist … noch etwas …« Hannah war weit weniger enthusiastisch als beim ersten Mal.

Midori folgte ihrem Blick. *Scheiße.* Da lag schon wieder jemand im Sand. Dieses Mal erkannte Midori aber Schleifspuren, die zum Wasser führten. Die Person hatte zumindest noch gelebt, als er oder sie am Strand gelandet war. Midori war als Erste da.

Es war Vanessa. Sie lag auf dem Rücken und sah Midori an. Sie lebte. Dann drehte sie den Kopf zur Seite und erbrach sich lautstark in den Sand. Es kam nur ein dünner, beinahe farbloser Strahl. *Na, so eine Wiedersehensfreude,* dachte Midori.

»Es ist Vanessa. Sie lebt!«, rief sie Hannah zu, die einige Schritte entfernt stehen geblieben war. Hannah nickte. *Enttäuscht? Bist du sehr traurig, dass es nicht Nina ist? Pech gehabt, ich wäre auf deiner Liste sicher auch nicht ganz oben gewesen, oder?*

Vanessa hustete immer noch und wand sich in spastischen Krämpfen. Midori half ihr, sich aufzusetzen. Ihre schulterlangen, braunen Haare, die sie sonst oft zum Pferdeschwanz band, waren offen und voller Sand. Midori legte ihr die Hand auf die Schulter. Sie spürte, wie Vanessa zitterte. Nach einer Weile beruhigte sie sich und lächelte sogar schwach.

Hey, ich bin hier die Japanerin, ich sollte lächeln, dachte Midori. Obwohl ihr Vater ja immer sagte, sie sei ungefähr so japanisch wie ein Sushiröllchen mit Bratwurstfüllung – äußerlich kam sie nach ihrer japanischen Mutter, aber da sie nie länger als ein paar Wochen am Stück in Japan gewesen war, hatte sie keinen besonderen Zugang zur japanischen Kultur. Zur Sprache übrigens auch nicht, was in Japan schon mal peinlich sein konnte. Denn sie sah zwar aus wie eine 18-jährige Japanerin, aber sie sprach immer noch wie ein 6-jähriges Kind, sodass Einheimische sie mitunter wahrscheinlich für schwachsinnig hielten.

Ihre trockenen Lippen spannten sich unangenehm, als Midori lächelte. *Hoffentlich platzen sie nicht auf. Ich bin sicher, hier gibt's weit und breit keinen Labello.* Vanessa wollte etwas sagen, aber wann immer sie sich räusperte, kam nur ein Hustenanfall.

Midori beschloss, es ihr einfacher zu machen. »Wir sind gemeinsam hierher geschwommen, Hannah und ich. Tut dir etwas weh?«

Vanessa betastete sich und schüttelte den Kopf.

Dann fiel Midori Mia ein. Vanessas *Freundin* Mia, verdammt. Die beiden waren unzertrennlich. Gewesen.

»Mia ist«, fing sie an »Mia … wir haben sie gerade gefunden.« Midori sah auf den Boden. Vanessa drehte den Kopf hektisch in alle Richtungen und sprang auf. Sie schwankte erst ein wenig und Midori war sicher, dass sie hinfallen würde, aber dann fing sie sich und rannte den Strand hoch, an der verdutzten Hannah vorbei.

Sie entdeckte Mia und kniete sich in den Sand vor die Tote. Dann fing sie an zu weinen.

Betreten sahen sich Hannah und Midori an. Wie hatten sie die tote Mia nur so pietätlos über den Strand schleifen können?

Vanessa weinte wie ein Kind, aus ganzem Herzen und mit dem ganzen Körper. Tränen liefen ihre Wangen herab und ihr Rotz tropfte in den Sand. Midori konnte sich nicht erinnern, wann *sie* zum letzten Mal so geweint hatte. Vielleicht, als ihr Meerschweinchen gestorben war. Damals war sie sechs gewesen. Sie beneidete Vanessa um ihren Schmerz. Wie erfrischend es sein musste, wenn man so klare Gefühle hatte.

Warum konnte *sie* nicht um ihre Klassenkameraden weinen? Neun junge Menschen waren – wahrscheinlich – tot. Und der Lehrer, Herr Kugler. Der »wenn-du-dich-nur-ein-bisschen-anstrengen-würdest-wärst-du-eine-der-besten-hier-Midori«-Kugler. Verdammt, sie hatte ihn gern gehabt. Sie biss sich auf die Unterlippe. *Genug nachgedacht jetzt. Heulen macht sie auch nicht wieder lebendig.* Sie durfte es nicht herankommen lassen.

Hannah und Midori traten an Vanessa heran, die sich inzwischen etwas beruhigt hatte. Midori überlegte, ob sie sich zu Vanessa hinknien und ihren Arm um sie legen sollte. Das wäre auch wieder so eine Filmgeste. Sie konnte förmlich sehen, wie danach das Bild aufziehen und die Musik anschwellen würde. Dann würde der Titel eingeblendet werden und die Namen der Schauspieler würden über den Bildschirm scrollen. Mias Name würde zum ersten und letzten Mal zu sehen sein.

Verdammt, wir können aber auch nicht einfach so stehen bleiben und ihr beim Weinen zusehen. Midori kniete sich neben Vanessa in den kalten, weichen Sand. Sie streckte die Hand aus, um sie ihr auf den Rücken zu legen. Vanessa drehte sich sofort zu ihr um und umarmte sie. Sie drückte Midori an sich und schluchzte stumm in Midoris T-Shirt. Midori blieb fast die Luft weg, so fest hielt Vanessa sie. Verlegen tätschelte sie Vanessas Rücken. *Sie sucht Trost bei mir? Kann es sein, dass sie bei mir Trost findet?*

Nach ein paar Minuten ließ sie Midori los und die beiden lösten sich voneinander. Als sie sicher war, dass Vanessa nicht hinsah, betrachtete Midori verstohlen den dunkel glänzenden Flecken aus Tränen und Rotz auf ihrem T-Shirt. *Das* kam in Hollywood-Filmen nicht vor. Sie runzelte die Stirn, wagte es aber nicht, den Flecken wegzuwischen, weil sie Vanessas Gefühle nicht verletzen wollte.

»Wir haben eine Quelle gefunden. Da sollten wir hin«, sagte sie ruhig.

Vanessa wischte sich mit dem Ärmel ihrer Bluse über die Augen und deutete dann auf das Meer. »Ich habe eine Kiste gesehen. Ich glaube zumindest, dass es eine Kiste ist, und nicht ...« Sie blickte auf die tote Mia und begann wieder zu weinen. *Nicht wieder eine Leiche.*

Midori nahm Vanessa in den Arm, während Hannah zum Wasser lief. *Bitte, lass es keine Leiche sein*, dachte Midori und fragte sich sofort, an wen sie diese Bitte überhaupt gerichtet hatte. *Midori, du wirst doch nicht gläubig werden auf deine alten Tage?*

Die Sonne schien so hell, dass die ganze Szene unwirklich aussah. Hannah zog etwas durch das Wasser. Es waren zwei Kisten, die sie dann im seichten Wasser abstellte. Mühsam trug sie sie ein wenig den Strand hoch. Midori sah, dass sie trotz der Anstrengung strahlte. *Was mag da drin sein, wenn Hannah sich so freut*, grübelte Midori. Vielleicht war die Kiste voller »Elle«, »Vogue«, oder was Hannah sonst noch so demonstrativ durchblätterte, wenn sie cool aussehen wollte.

Hektisch winkte Hannah den beiden anderen. Midori ärgerte sich über ihr breites Grinsen. Hatte sie vergessen, dass Vanessa gerade ihre beste Freundin verloren hatte? Rücksichtslosigkeit tolerierte Midori nicht. Das musste wohl ihr japanisches Erbe sein – sozusagen die

Schicht aus Sushi-Reis und Nori-Algen um die Bratwurst namens Midori.

Langsam ging sie zu Hannah und auch Vanessa kam angetrottet. Die verheulten Augen und das verfilzte Haar standen ihr gut, fand Midori. Sie hatte Vanessa immer in die Kategorie »behütete Töchter und Pferdefraktion« eingeordnet. Ein paar Tränen ließen sie gleich viel reifer und interessanter aussehen. Und wenn ein Mann vorbeikommen würde, fände er sicher auch Vanessas halb zerrissene Bluse interessant. *Zumindest besser, als mein verrottztes T-Shirt*, fiel ihr ein und sie begann, unauffällig an dem Fleck zu reiben.

»Tadaa! Das sollte reichen, bis wir gerettet werden.« Hannah deutete auf eine Kiste mit sechs großen PET-Flaschen. Dabei sah sie aus, wie die Assistentin in einer billigen Gameshow, die einen Gewinn präsentierte. Drei Flaschen Volvic, zwei mal Cola Light und einmal Fanta.

»Für mich eine Cola Light«, entschied Hannah und nahm eine Flasche in die Hand. *Cola Light – wie clever, Hannah, möchtest du den Aufenthalt in unserem kuscheligen Inselparadies für eine kleine Diät nutzen?*

»Ihr könnt ja nehmen, was ihr wollt.« *Wie großzügig, Hannah schmeißt eine Lokalrunde.* Die Flasche zischte, als sie sie öffnete und Hannah nahm einen Schluck. »Ahhh … sogar noch kalt.«

Midori überlegte, ob sie Fanta oder Wasser trinken wollte. Eigentlich hasste sie Limonade, aber wenn sie hier länger bleiben mussten, wäre es gut, ein paar Kalorien extra zu bekommen. Sie streckte die Hand nach der Fanta aus, dann zog sie sie wieder zurück und wandte sich um. »Was möchtest du, Vanessa?«

Vanessa sah sie dankbar an. Sie krächzte etwas, das man als »Wasser« interpretieren konnte und Midori reichte ihr ein Volvic.

Midori nahm sich die Fanta. Sie schmeckte nicht so schlecht, wie sie das in Erinnerung hatte. *Entweder haben sie die Rezeptur geändert, oder ich bin wirklich durstig. Oder ich habe sie eigentlich immer gemocht, es mir nur nicht vor mir selbst eingestehen wollen.* Wenn sie mal einen Therapeuten hätte, würde sie darüber sprechen.

Weil sie zu schnell getrunken hatte, bekam sie Schluckauf und wandte sich ab, damit es die anderen nicht bemerkten.

»Wir müssen das Teil in den Schatten bringen«, stellte Hannah fest. *Hoffentlich hast du auch genug Würstchen gekauft*, dachte Midori. Die Situation erinnerte sie an einen Abend, an dem der ganze Jahrgang der Schule gemeinsam an der Isar gegrillt hatte. War das wirklich erst vor zwei Wochen gewesen? Sie hatten Würstchen auf angespitzten Stöcken in ein riesiges, offenes Feuer gehalten und die Jungs hatten jede Menge Bier getrunken. Midori hatte nur der Höflichkeit zuliebe an dem Prosecco genippt, den Nina mitgebracht hatte. Irgendeine ganz besondere Nobelmarke, die es nur in Italien gab. Mit dem Pappbecher in der Hand hatte sie außerhalb des Feuerscheins gesessen und beobachtet, wie ihre Klassenkameraden langsam ihre Hemmungen verloren. Als der Abend fortschritt, verloren manche noch dazu jede Kontrolle über ihren Körper. Irgendwann, als keiner aufpasste, machte sie sich aus dem Staub.

Als ihr Schluckauf weg war, fragte sie: »Was ist überhaupt in der anderen Kiste?« Es war ein ziemlich langer Behälter aus dunkelgrauem Plastik. Etwas ratlos drückten sie daran herum, aber sie konnten ihn nicht öffnen. Endlich entdeckte Hannah, dass der Deckel an der schmalen Seite war, das musste also die Oberseite sein. Sie drückte an einem seltsamen Klickmechanismus herum und öffnete den Deckel. Dann griff sie hinein und holte einen flachen, silbrigen Behälter heraus.

Alle wussten, was das war: »Flugzeugessen.« Etwas Besseres hätten sie gar nicht finden können.

»Bringen wir die Kiste auch in den Schatten«, ordnete Midori an. »Wer weiß, wie lange sich das Zeug hält, wenn es nicht gekühlt wird.«

»Meinst du, ... du meinst doch nicht, dass wir länger hier bleiben müssen, oder?«, fragte Hannah besorgt und lächelte unsicher.

Verdammt, woher soll ich das wissen? »Hannah, ich weiß es nicht. Ich weiß noch nicht einmal, was mit unserem Flugzeug passiert ist. Ich meine, da war das komische Geräusch und dann ging's abwärts ...«

»Ich glaube, der Pilot war betrunken«, meldete sich Vanessa. »Er hat irgendwie gestunken. Gin, denke ich.«

»Scheiße, warum hast du das nicht gesagt, bevor wir losgeflogen sind? Ich wäre verdammt nochmal nicht mitgeflogen.« Midori stampfte wütend auf den Boden. Tränen traten in ihre Augen. »Scheiße. Scheiße. Nur weil so ein Arschloch nicht die Finger von der Flasche lassen kann, ...« Sie schluckte und presste die Lippen zusammen. Sie hatte die Kontrolle verloren. Schnell überspielte sie es. »Okay. Wir wissen nicht, wie lange wir hier bleiben müssen. Bringen wir das Essen und die Flaschen zu unserer Quelle. Wenn sich unsere Retter noch mehr Zeit lassen, genügen die paar Flaschen nicht.«

In der Nähe ihrer Quelle fanden sie einen Felsvorsprung, beinahe schon eine kleine Höhle, die sie als Nachtquartier nutzen wollten. *Falls uns niemand vorher rettet*, wie Hannah immer wieder betonte. Als ob es die Rettungschance minderte, wenn man sich zu häuslich einrichtete. Sie nahmen Platz im Schatten, tranken aus ihren PET-Flaschen und öffneten das Flugzeugmenü. Es gab »Menu 1« und »Menu 2«.

»Das eine ist *Chicken*, das andere *Beef*, jede Wette«, meinte Midori. »Ich bin in meinem Leben genug geflogen.« Hannah bedachte Midori mit einem Seitenblick. Midori verbrachte jedes Jahr mehrere Wochen in Japan bei ihren Großeltern, während Hannah vor der Kollegstufenfahrt nur zwei mal geflogen war –

und zwar beide Male nach Mallorca. Nach Malle. Kein Wunder, dass alle Midori cool fanden, dachte sie.

Erst beim Essen bemerkten sie, wie unglaublich hungrig sie waren, schweigend aßen sie praktisch das ganze Menü. Midori legte am Ende sogar die Butter auf das trockene Brötchen, obwohl sie Butter eigentlich hasste. *Bis gestern habe ja auch Fanta gehasst. Meine Mutter wird begeistert sein, wenn ich zurückkomme und endlich keine so »heikle Esserin« mehr bin. Am Ende mag ich auch noch Natto oder Blumenkohl.*

Die übrigen Menüs stapelten sie im Schatten. Sie überlegten, ob sie noch mehr essen sollten, entschieden dann aber, das wertvolle Essen lieber zu sparen. *Falls die Rettung doch noch etwas dauern sollte*, wie Hannah wieder betonte.

In der Kiste waren außerdem kleine Päckchen mit gesalzenen Erdnüssen gewesen, die sie aber aufheben wollten.

Dann gingen sie noch einmal zur Quelle. Es gelang ihnen, eine leere Flasche so unter Midoris inzwischen mit Wasser vollgesogene Hose zu stellen, dass das Wasser in die Flasche tropfte.

Inzwischen war es dunkel geworden und sie gingen zu ihrem Lager zurück. Es wurde schnell Nacht hier, sie mussten ja auch schon ziemlich nah am Äquator sein.

»Na also, wir werden noch super Robinsons«, lächelte Midori.

»Ich will aber keine 20 Jahre hier bleiben«, antwortete Hannah.

Nanu, wir werden ja richtig schlagfertig, wunderte sich Midori. »Vielleicht hast du ja Glück, Hannah, und es kommt ein hübscher, heißblütiger Freitag.«

Wütend stieß Vanessa hervor: »Wie könnt ihr nur solche Witze machen. Ist es euch denn völlig egal, was mit … Mia …« der Rest ging in ihrem Schluchzen unter.

»Es tut mir leid. Es tut mir wirklich leid.« Midori schämte sich und auch Hannah blickte verlegen zu Boden. Plötzlich hörten sie ein Geräusch und hielten die Luft an. In der Dunkelheit konnte man kaum etwas erkennen, die Geräusche waren aber eindeutig. Jemand näherte sich.

»Hallo?«, rief Midori laut in die Dunkelheit. Hannah sah sie empört an und Midori zuckte die Schultern. Hatte Hannah etwa Angst vor Gespenstern? »Komm her, wenn du nicht Freddy Krüger bist«, fügte sie hinzu.

»Midori, na super«, hörten sie die Stimme aus dem Dunkeln. »Wenn Nina und Hannah auch noch da sind, gehe ich wieder ins Wasser und suche mir eine andere Insel.« Das war Katharina. Ausgerechnet Katharina. Sie war eine Außenseiterin in der Klasse. Nein, sie war *die* Außenseiterin.

»Hallo Katharina, schön, dich zu sehen. Oh, es ist ja dunkel. Aber ich kann ja schlecht sagen: schön, dich nicht zu sehen, oder? Aber lass dich von uns nicht abhalten, wenn du baden gehen möchtest.« sagte Midori. *Was tue ich da eigentlich,* wunderte sie sich. *Was kommen da für Worte aus meinem Mund? Ich habe nur gekontert, oder?*

»Wir haben etwas zu essen, Katharina«, sagte Vanessa. »Setz dich doch zu uns.« *Wenigstens* sie *versucht, nett zu sein.*

Das Mädchen kam näher. Selbst in der Dunkelheit konnte man Katharina an ihrer stets etwas gebückten Haltung erkennen. Misstrauisch beäugte sie Hannah und Midori und setzte sich dann zu ihnen. Vanessa stand auf und gab ihr eine Flasche Wasser und eines der Fertigmenüs.

Katharina öffnete den Aludeckel und roch hinein. »Das stinkt. Ihr wollt mich verarschen. Da ist *irgendwas* drin.«

»Oh, erwischt. Für uns hatten wir eine Pizza bestellt, die ist aber schon alle«, sagte Midori.

Vanessa überging Midoris Bemerkung. »Wir haben das auch gegessen. Es ist gut.« Sie nickte Katharina zu und lächelte sie aufmunternd an. Katharina beugte sich über ihr Tablett und begann schweigend zu essen.

»Wenn ich ein Mann wäre, würde ich dich heiraten wollen, Vanessa«, sagte Midori. Sie fand Vanessa wirklich nett.

»Dazu musst du kein Mann sein. Wir wissen doch, dass du auf Frauen stehst«, warf Hannah ein.

Midori war entrüstet. »Was? Ich? Nicht, dass ich es schlimm finde, aber … ne. Wer sagt denn sowas?« Sie fragte sich, ob sie wirklich lesbisch war. *Eher nicht*, entschied sie sich dann. *Und wenn doch, dann würde ich hoffentlich dazu stehen und nicht so blöd herumdrucksen wie jetzt.*

»Ach, man hört so dieses und jenes. Du bist ein kleines Fußball-As, das habe ich genau gesehen. Und wir wissen doch, was das heißt, oder?«

»Pfff. Nur weil ihr Pussies einen Fußball nicht von einem Kohlkopf unterscheiden könnt, heißt das noch lange nicht, dass ich eine Lesbe bin.« Tatsächlich hatte sie früher Fußball geliebt und erst aufgehört, als sie die Schule gewechselt hatte, weil sie keine gute Mädchenmannschaft gefunden hatte. *Du hast ja auch nicht direkt gesucht, Midori. Klar, dass es in München keine Fußballmannschaft für dich gibt. Sehr überzeugend.*

Vanessa versuchte, die Wogen zu glätten. »Ist doch egal. Schön, dass du da bist, Katharina. Weißt du … etwas von den anderen?«

Katharina sah auf. »Du meinst, ob ich irgendwelche Leichen gesehen habe?«

Vanessa zuckte zusammen. Würde sie wieder anfangen zu weinen?

»Nö. Ich dachte, ich hätte als Einzige überlebt. Da treffe ich euch. Naja, kann man wohl nichts machen. Aber wo ist denn eure Chefin, Germany's next Topmodel Nina?«

Hannah sah auf den Boden.

»Wir wissen es nicht«, sagte Midori ruhig. Sie hoffte, dass Hannah nicht in Tränen ausbrechen würde. Diesen Triumph gönnte sie Katharina nicht.

»One down, two more to go. Immerhin.« Man hörte das Grinsen in Katharinas Stimme. »Vielleicht gibt es doch einen Gott. Halleluja.«

»Das glaube ich weniger.« Im Alter von neun Jahren war Midori zu der Erkenntnis gelangt, dass es keinen Gott gab. Die Geschichten aus der Bibel erschienen ihr einfach wahnsinnig unwahrscheinlich. Warum sollte ein höheres Wesen sich ausgerechnet einer Gesellschaft von Ziegenhirten und Halbnomaden offenbart haben? Sie war zwar evangelisch getauft und besuchte den Religionsunterricht in der Schule, aber sie glaubte nichts davon. Einmal hatte sie im Religionsunterricht ein Sweatshirt mit einer Abbildung des »Flying Spaghetti Monster« getragen, doch der Lehrer kannte die Pastafarian-Religion überhaupt nicht und ging mit keinem Wort darauf ein. Was für eine Enttäuschung, das Teil hatte immerhin 29$ gekostet.

»Weil ich noch lebe«, sagte Katharina tonlos. *Was? Es soll keinen Gott geben, weil Katharina noch lebt? So etwas Schreckliches würde ich doch nie denken, geschweige denn sagen. Für was für ein Monster hält die mich eigentlich? Das ist ja völlig absurd.* Sie schnaubte, was Katharina wohl für ein unterdrücktes Lachen hielt.

»Ihr könnt mich alle mal. Ich hau mich jetzt auf Ohr.«

»Vielleicht ist das eine gute Idee«, stimmte Vanessa zu. »Es war ein langer Tag.«

Auch Midori musste ihr recht geben. »Ja, Mama. Dann gute Nacht, Mama.« Da ihre Hose an der Quelle gebraucht wurde, trug sie nur ihren Bikini-Slip und fror erbärmlich an den Beinen. Sie rückte näher an die Felsen, die noch etwas Wärme abstrahlten, und rollte sich zusammen, so gut es ging. Sie überlegte, ob sie am nächsten Tag Mias Hose klauen sollte oder ob das Leichenfledderei war. Aber Mia brauchte sie doch nicht mehr, oder?

Eines Tages musste Midori sich entscheiden. Sie war mit einigen wenigen Schülern im leeren Klassenzimmer, alle warteten auf den Beginn des Nachmittagsunterrichts. Ein paar Jungs spielten Karten im hinteren Teil des Zimmers, andere schrieben irgendeine Hausaufgabe voneinander ab. Paula war auf der Toilette, sie war manchmal sehr lange auf dem Klo. Chiara, eine von Midoris ältesten Freundinnen, kam auf sie zu. »Hey.«

»Hey, was geht.«

»Wo ist denn dein Sozialfall?« Chiara zeigte hoffnungsvoll auf Paulas leeren Platz.

»Ich weiß nicht, wo *Paula* ist. Sie kommt sicher bald. Vermisst du sie schon?«

Chiara wurde plötzlich ernst. »Hör zu, Midori. Wir kennen uns seit dem Kindergarten, oder?«

Midori nickte. Worauf wollte sie hinaus?

»Darum wollen wir dir noch eine Chance geben.« Sie machte eine Pause und sah Midori in die Augen. »Diese … Paula passt doch nicht zu uns. Die geht echt nicht. Ist dir nicht klar, was das für ein Licht auf uns wirft?«

Du meinst, dass sie die Jungs abschreckt, dachte Midori, sagte aber nichts.

»Ich sehe, du verstehst mich. Du musst sie loswerden. Sonst.«

Sonst – was, dachte Midori. »Ich gebe ja zu, sie ist manchmal ein wenig anhänglich …«

Chiara lächelte. »Siehst du. Es ist wahnsinnig nett, dass du dich um sie gekümmert hast, aber so langsam muss sie mal alleine zurechtkommen.«

»Naja, vielleicht …«

»Wusstest du, dass Enten ihre Jungen einfach ins Wasser schubsen?«

»Was? Chiara …« Midori zog die Stirn in Falten.

»Nur so lernen sie zu schwimmen. Vielleicht solltest du das auch tun. Es ist ganz einfach. Füll einfach Wasser in Paulas Schulranzen. Das Ding ist eh hässlich. Wer hat denn in der 10. Klasse noch einen Schulranzen mit einem Pferd drauf? Du tust ihr praktisch einen Gefallen.

Dann setz dich zu uns. Sie wird den Wink verstehen.«

Midori war entsetzt. »Aber Chiara ... das kann ich doch nicht tun.«

»Du musst sie ins Wasser schubsen, wie die Entenmama.« Sie deutete mit der Hand ein Schubsen an.

Midori sah sie verwirrt an. Das konnte doch nicht ihr Ernst sein.

»Nein? Schade. Naja, macht nichts.« Chiara warf den übrigen Mädchen einen langen Blick zu und rief laut: »Machen wir uns fertig, in 10 Minuten müssen wir in der Turnhalle sein.« Sie griff sich mit dem Zeigefinger in den Mund, um ein Brechen zu symbolisieren.

Midori blieb noch sitzen. Sie wunderte sich über ihre Freundin. Hatte sie wirklich gedacht, sie würde so etwas tun? Dieser Streich passte doch eher in die vierte oder fünfte Klasse ... Es musste eine andere Möglichkeit geben, Paula ein wenig auf Distanz zu halten.

Es war warm draußen und im Sportunterricht stand Leichtathletik auf dem Programm. Beim 75-Meter-Lauf war Midori mit Abstand die Schnellste, wie immer. Danach fühlte sie sich angenehm ausgepowert. Die Sonne brannte auf ihren Rücken, daran erinnerte sich Midori noch, wenn sie an ihren letzten unbeschwerten Tag zurückdachte, den letzten Tag, an dem die Welt noch in Ordnung war.

Da sie noch beim Aufräumen helfen musste, war sie etwas später dran und alle anderen waren längst umgezogen, als Midori in die Umkleidekabine kam. Zu ihrer Überraschung gingen Chiara und die anderen gemeinsam mit Paula nach draußen. Ganz wie alte Freundinnen legten sie Paula den Arm um die Schulter und lachten und scherzten. Hatten sie Paula endlich akzeptiert?

Midori lächelte, als sie ihren Rucksack schulterte. Dann bemerkte sie, wie nass ihr Rucksack war. Er war voller Wasser, ihre Hefte und Bücher waren ruiniert. Sie erinnerte sich an Chiaras breites Grinsen beim Abschied. Vorsichtig stellte sie den Rucksack wieder ab. Sie fühlte sich plötzlich sehr allein. Sie setzte sich auf die Bank und begann zu weinen.

TAG 2

Als Midori erwachte, war es schon hell. Aufgewacht war sie aber nicht, weil die Sonne schien, sondern weil sie so erbärmlich fror. War das kalt! Sie stand auf und massierte sich die durchgefrorenen Glieder.

Alle anderen schliefen noch. Midori schlich herum und betrachtete sie. Vanessa hatte beide Hände flach unter ihren Kopf gelegt. *Wie niedlich. Bestimmt schläft sie zum ersten Mal in ihrem Leben ohne Kopfkissen*, dachte Midori. Dann schimpfte sie sich selbst: *Ach was, ich tue ihr sicher Unrecht, ich habe sie in irgendeine Schublade gesteckt und jetzt projiziere ich alle meine Beobachtungen darauf. Womöglich ist sie schon einmal mit dem Tretboot um die Welt gefahren. Oder hat ihre Kindheit unter Piraten zugebracht. Und überhaupt: Wenn hier jemand ein behütetes Mädchen ist, dann ja wohl du, Fräulein Jordan.*

Hannah lag auf der Seite, die Hand direkt vor dem Gesicht, als sei sie eingeschlafen, als sie gerade ihre Finger betrachtete. Oder als habe sie vorher noch am Daumen gelutscht. Katharina lag etwas abseits. Natürlich. Neben ihr lag die Verpackung ihres Fertigmenüs. Sie umklammerte irgendetwas. Interessiert kam Midori näher. Eine Tasche aus grobem braunen Leinen. Vielleicht aus dem Army-Shop oder so. War das Katharinas Tasche? Midori konnte sich nicht erinnern. Es passte jedenfalls besser zu ihr als ein Luis Vuitton-Täschchen. Was mochte da drin sein? Sie streckte die Hand aus, um die Tasche zu befühlen.

In dem Augenblick bewegte sich der Deckel der Alupackung neben Katharina. Midori unterdrückte einen Schrei. Sie fand einen kurzen Stock und stieß damit den Deckel auf. Im Innern der Packung tummelte sich mindestens ein Dutzend kleiner Taschenkrebse und tat sich an den Resten gütlich. Eine wimmelnde Masse aus Beinen, Scheren und feucht glänzenden, soßenverschmierten Panzern. *Igitt!* Angewidert ließ sie los und der Deckel fiel wieder zu. Mit dem Stock schob sie die Box ein paar Meter weg, in Richtung Wasser. Sie überlegte, ob sie sie ins Wasser werfen sollte, aber sie hatte Angst, dass einer der kleinen Krebse ihr über die Hand krabbeln könnte. *Oder sich in deinen Haaren verfängt, Prinzesschen. Du bist ja eine echte Draufgängerin.*

Midori beschloss, die anderen noch nicht zu wecken. Es war so still. Sie wollte die letzten friedlichen Minuten auskosten, bevor der unvermeidliche Zickenkrieg wieder losging.

Sie spazierte am Ufer entlang. Der Sand war feucht und kühl und sie genoss das Gefühl, wie er bei jedem Schritt ein wenig zwischen ihren den Zehen hervorquoll. *Wie kann es sein, dass das Leben im Großen und Ganzen so beschissen ist, während es in kleinen Dingen so absolut perfekt ist?*

An der Quelle angekommen, stellte sie fest, dass die Flasche inzwischen übergelaufen war. *Wir sollten sie öfter wechseln,* dachte sie. Sie probierte einen Schluck. Das Wasser war in Ordnung, ein klein wenig salzig, aber trinkbar. Dann schraubte sie sorgfältig den Deckel zu. Sie nahm die Flasche mit, stellte eine leere unter die Quelle und ging zurück zu ihrem Lager.

Dort wartete eine Überraschung auf sie. Mitten in der Gruppe der immer noch schlafenden Mädchen stand Seher. Ruhig sah sie Midori entgegen. Irgendwie hatte sie es geschafft, dass ihre graue Kleidung genau so sauber und makellos aussah wie an einem Schultag in der ersten Stunde. Auch ihre Haltung war wie immer tadellos. *Wie aus dem Ei gepellt. Seher, bist du ein Mensch oder ein Roboter? Vielleicht eine mechanische Türkin?,* dachte Midori. Sie hatte zu Hause ein Buch mit einer Abbildung eines mechanischen Türken. *Werden wir jetzt rassistisch, Schlitzauge?*

»Midori, ich bin sicher, dir fällt gerade ein besonders witziger Spruch ein. Ich will jetzt aber nichts hören. Ich sehe, ihr habt etwas zu essen und«, sie deutete auf die volle Flasche in Midoris Hand, »etwas zu trinken. Ich bleibe bei euch.«

»Äh, hallo Seher.« *Wow, in den zwei Jahren, seitdem ich in ihrer Klasse bin, hat sie noch nie so viel mit mir gesprochen,* dachte Midori. Seher sah sie an, als erwarte sie trotz ihrer Rede einen Scherz von ihr, aber Midori blickte nur ruhig zurück. *Du glaubst, ich kann nicht schweigen? Hast du eine Ahnung,* dachte sie. *Ich bin die große Schweigerin. Ich werde nichts mehr sagen. Sag du doch etwas.*

Hannah war erwacht und räkelte sich. Sie betrachtete die unbeweglich dastehenden Seher und Midori. »Ist denn schon *12 Uhr mittags?*« *Mensch, das war ja beinahe witzig,* dachte Midori. *Schade, dass Seher das sicher nicht versteht.*

Midori zog einen imaginären Colt aus dem Halfter und zielte damit auf Seher. »Diese Insel ist zu klein für uns beide, Fremder.«

Seher sah sie verwirrt an. Sie hatte zwar beinahe immer die besten Noten in der Klasse, wenn es um Alltagskultur ging, war sie aber völlig unterbelichtet. Zumindest, wenn es um deutsche Alltagskultur ging. Wahrscheinlich lief zu Hause im Fernsehen den ganzen Tag nur TRT. Midori »schoss«, dann spannte sie mit der anderen Hand den Hahn und schoss noch einmal. Insgesamt sechs Mal schnell hintereinander, wie in »Spiel mir das Lied vom Tod«. Auch so ein Lieblingsfilm ihres Vaters. Am Ende pustete sie den Rauch ihrer Pistole weg. *Wieder ein Gringo weniger. Obwohl Seher mit ihren kohlschwarzen Haaren und den dunklen Augen in einem Western wohl eher eine Mexikanerin spielen müsste. Für mich würde die Rolle der pausbäckigen, bezopften Tochter des chinesischen Wäschereibesitzers übrig bleiben. »Hilfe, die Läubel haben meinen Vatel elmoldet.« Natürlich wäre der Tod eines Chinesen in einem Western kein allzu gravierendes Ereignis, es würde nur unterstreichen, wie böse die Schurken waren.*

»Guten Morgen, Seher!«, rief Vanessa und sie drehten sich zu ihr um. Sie klang ehrlich erfreut. Midori sah, dass auch Katharina erwacht war und die Szene beobachtete. Ihre Tasche hielt sie dabei so fest umklammert, dass ihre Hand leicht zitterte. *Bestimmt ist ihr Tagebuch drin – inklusive einer detaillierten Beschreibung der Todesarten, die sie sich für uns ausmalt. Oder plant.*

Hannah warf Seher die letzte volle Flasche mit Mineralwasser zu und Seher fing sie geschickt. Gierig stillte sie ihren Durst. Hatte sie wirklich seit dem Absturz nichts getrunken? Dann war es ein Wunder, dass sie sich nicht sofort auf das Wasser gestürzt hatte. *Respekt, das gibt eine glatte »Eins« in Selbstbeherrschung.*

Seher setzte sich in den Sand und begann zu erzählen. »Ich war im Innern der Insel. Ich dachte, wenn ich auf einen Felsen klettere, kann ich mir vielleicht einen Überblick verschaffen. Ich schaffte es aber nicht bis oben. Die Felsen sind steil und ich hatte Angst, abzustürzen. Ich dachte auch, dass es da oben irgendwo Wasser geben muss, aber leider habe ich nichts gefunden.« *Wow, was für ein Bericht. Durchdacht bis zum letzten Komma. Kann man direkt so in der Zeitung abdrucken.*

Vanessa gab Seher ein Fertigmenü. Seher öffnete es und betrachtete es etwas missmutig.

»Es gab leider nur noch Schwein«, sagte Midori. Als Seher aufsah, fuhr sie fort: »Kleiner Scherz. Es gibt in Flugzeugen niemals Schwein – Allah sei Dank. Wir haben Hühnchen oder Rind. Hühnchen ist das mit der hellen Soße und Rind das mit der dunklen. Beides stinkt und ist vermutlich ab heute Mittag ungenießbar. Vielleicht auch jetzt schon.«

Dann konnte sie nicht anders und fügte hinzu: »Nur aus Interesse: Wenn du am Verhungern wärst, dann würdest du doch Schweinefleisch essen? Da würde Allah doch auch mal ein Auge zudrücken, oder?«

Ohne auch nur im geringsten auf Midori einzugehen, machte sich Seher über ihr Essen her.

»Vielen Dank für das Gespräch und guten Appetit. Ich mache erst mal einen Spaziergang.«

Damit wandte sich Midori um und ging den Strand entlang. Sie blickte nicht zurück, aber sie konnte sich vorstellen, wie verwirrt Hannah ihr jetzt hinterher sah. Womöglich würde sie ihr gerne folgen, aber bei dem, was sie jetzt vorhatte, wollte sie lieber allein sein. *Wie eigentlich bei fast allen Sachen. Na und, dann bin ich eben eine Einzelgängerin. Das sind Tiger auch. Eigentlich sind das alle coolen Tiere.*

Obwohl die Sonne noch nicht hoch stand, spürte Midori auf dem Rücken schon deutlich ihre wärmenden Strahlen. Noch waren sie angenehm, aber bald schon würde die Hitze unerträglich werden. *Gut, dass wir unser Lager direkt am Wasser aufgeschlagen haben.*

Nach wenigen Minuten erreichte sie die Stelle, an der sie Mia aus dem Wasser gezogen hatten. Sie folgte der Schleifspur, die man am oberen Teil des Strands noch immer deutlich erkennen konnte. Mia lag im Halbschatten, den Kopf zur Seite gedreht. Was würde wohl passieren, wenn sie in der Sonne lag? Können Tote einen Sonnenbrand bekommen? *Ich muss die Frage mal an die Sendung mit der Maus schicken.*

Sie konnte sich vorstellen, dass sich in der Hitze der Bauch aufblähen würde. Und bald würde es stinken. Midori machte eine Grimasse. *Themenwechsel!*

Sie blieb an der Leiche stehen und betrachtete die Hose. Etwas zu groß wäre sie ihr natürlich. Ansonsten schien sie in Ordnung zu sein. Sie konnten ja auch Mias Hose an der Quelle benutzen – dann könnte sie wieder ihre eigene anziehen. Oder war die Hose mit Leichengift verseucht? Unsinn, Leichengift gab es doch nur in alten Gruselgeschichten, oder? Edgar Allan Poe, hast du dir das ausgedacht? Wo war Wikipedia, wenn man sie mal wirklich brauchte?

Fest stand, dass Mia die Hose nicht mehr brauchte und Midori keine Lust hatte, wieder so zu frieren wie heute Nacht. *Entschuldige, Mia. Darf ich mal …?*

Sie würde einfach die Hosenbeine ganz fest in die Hand nehmen und dann mit einem kräftigen Ruck ziehen. Vielleicht löste sich dann ja schon die Hose. Ja, so würde sie es machen. Womöglich würde die Tote furzen. Sie hatte mal gelesen, dass Tote furzten wie die Weltmeister. Und was war mit der Leichenstarre? Am Vortag war ihr nichts aufgefallen, gab es die etwa gar nicht? Oder trat sie erst nach einiger Zeit ein und verschwand dann wieder? *Midori, wenn man bedenkt, dass einer deiner »Friends« beim Onlinespielen »Rigor Mortis« heißt, bist du in dieser Beziehung ganz schön unterbelichtet.*

Sie knackte mit den Fingern und dachte daran, was für ein Gesicht ihre Schwester bei diesem

Geräusch machen würde. Aoi *hasste* das Knacken, darum war es beinahe ein festes Ritual,
dass Midori bei jedem Treffen der beiden erst
einmal mit den Fingern knackte.

Sie schluckte. *Verdammt, ich hätte nicht an sie
denken sollen. Ich möchte meine Schwester sehen.
Oder zumindest mit ihr sprechen. Mehr als alles in
der Welt wünsche ich mir ein Telefon. Ich möchte,
dass sie mir von den überhöhten Preisen in Paris
erzählt und von ihrem süßen, aber höchstwahr-
scheinlich schwulen, Mitbewohner und davon, wie
sie einen Dozenten mit ihrer Frage in Verlegenheit
gebracht hat. Und ich möchte, dass sie mich fragt,
wie es mir geht. Dann werde ich es ihr erzählen. Wie
alles schiefgegangen ist in meinem Leben und ich
bald wieder ›Grünkohl‹ sein werde. Aber so viel
würde ich ihr gar nicht erzählen müssen, weil sie
sowieso immer wusste, wie es mir ging. Und dann
sage ich ihr Lebewohl und dass ich sie immer geliebt
habe. Nein, das wäre zu kitschig.*

*Doch, das wäre mir scheißegal. Ich würde es ihr ein-
fach trotzdem sagen.*

Midori trat an die Leiche heran. Die Füße
waren fast weiß. *Wie Schneewittchen,* dachte sie,
los, spuck den vergifteten Apfel wieder aus. Als sie
gerade die Hand ausstreckte, bewegte sich

etwas unter dem Hosenbein und eine Krabbe kroch darunter hervor. Midori blieb fast das Herz stehen. Nur ein Taschenkrebs. »Mensch, Krabbe«, sagte sie vorwurfsvoll, »hast du mich jetzt erschreckt. Mach das nicht noch mal, ja?«

Ein ungutes Gefühl beschlich sie. Sie blickte nach oben in Mias Gesicht – und sah, wie ein kleiner Krebs sich gerade mit zuckenden Bewegungen in Mias halb offenen Mund schob. Ein anderer knabberte an ihrem Auge, das Augenlied war schon ganz zerfressen und mit unglaublich schnellen Bewegungen zupfte das Tier mit den Scheren winzige Teile aus dem weichen Augapfel und steckte sie sich ins Maul. Auch das andere Auge und Mias Nasenlöcher wiesen Fraßspuren auf, die Haut war vielen Stellen abgezupft und rosa glänzendes Fleisch kam darunter zum Vorschein.

Das war zu viel. Midori stieß einen Schrei aus, dann erbrach sie sich direkt am Strand – immer und immer wieder, bis ihr Magen längst leer war und sie nur noch sauren, heißen Magensaft spuckte. Sie sank auf ihre Knie und kroch noch ein paar Schritte weiter, weg von dem schrecklichen Anblick. Dann rollte sie sich im Sand zusammen und schloss die Augen. Mit beiden

Händen umklammerte sie ihren Kopf und wiegte sich langsam hin und her.

So muss es aussehen, wenn ich den Verstand verliere, dachte sie. *Sehr schöne Vorstellung, Ophelia. Aber ich verliere den Verstand nicht. Ich bin stark. Was ich gesehen habe, ist ganz natürlich. Die Krabben suchen sich zuerst die Stellen, die sie am leichtesten erreichen können und das ist eben da, wo die Haut am dünnsten ist. Mia tut es nicht mehr weh, das Leben hat sie verlassen und sie ist nicht mehr Mia. Nur noch Haut, Fleisch und Knochen. Das, was da liegt, ist sie nicht. Es hat genau so viel mit Mia zu tun, wie ein abgerissenes Haar oder ein abgeschnittener Fingernagel.*

Trotzdem vermied sie es, sich noch einmal das Bild von Mias zerstörtem Gesicht ins Gedächtnis zu rufen. Ächzend stützte sie sich auf und setzte sich im Schneidersitz hin. Sie hatte einen unangenehm sauren Geschmack im Mund. Sie wollte ausspucken, aber ihr Mund war zu trocken und sie hustete nur.

Sie musste verhindern, dass die anderen Mia sahen. Vor allem Vanessa durfte Mia nicht zu Gesicht bekommen. Dieser Anblick würde ihr bestimmt den Rest geben. Und sie sollte doch die nette Vanessa bleiben.

Nur, was konnte sie tun? Sie wollte auf keinen Fall die Leiche anfassen. Unwillkürlich schüttelte sie sich bei diesem Gedanken. Sie wollte sie eigentlich überhaupt nicht mehr ansehen. Nie wieder. *Als ob das etwas hilft. Ich weiß jetzt schon, dass mich dieser Anblick in meine Träume begleiten wird.*

Sie beschloss, Mia mit Sand zu bedecken. Vorsichtig näherte sie sich von der Seite, der Mias Gesicht nicht zugewandt war. Von hier sah es so aus, als würde sie schlafen. *Wenn sie aufwacht, wird sie sich aber wundern, dass sie keine Augen mehr hat.* Midori warf eine Handvoll Sand auf Mias Bauch. Dann noch eine. Sie schob auch Sand von der Seite an Mias Körper und schaufelte es mit beiden Händen darauf. Als sie Sand auf ihr Gesicht warf, stellte sie sich vor, wie der Sand in Mias Mund und ihre Nasenlöcher rieselte und sie für immer verschloss. Der Gedanke hatte etwas Endgültiges.

Wann sind die Menschen eigentlich darauf gekommen, ihre Toten zu begraben? Gab es etwas Schrecklicheres, als einen Menschen, der kurz vorher noch geatmet und gelacht hatte, mit kalter Erde zu bedecken? Darauf zu warten, dass Wurzeln seine Eingeweide durchdrangen und Würmer hindurchkrochen?

Sie brauchte viel länger als sie erwartet hatte und kam dabei ganz schön ins Schwitzen. Als sie aufblickte, war an der Stelle, wo Mia lag, nur noch ein unregelmäßig geformter Haufen dunkler Sand zu sehen.

Hoffentlich hält das eine Weile, dachte Midori. Doch sie bezweifelte es. Sobald der Sand trocken war, würde der unablässig wehende Wind den Leichnam wieder freilegen. Oder die Krabben würden sie ausgraben. *Verdammte Scheiße.*

Mühsam erhob sie sich und trottete ins Meer. Schritt für Schritt, bis ihr das Wasser an die Hüfte reichte. *Ich könnte einfach weitergehen. Noch ein paar Schritte, dann würde ich schwimmen, immer geradeaus, bis ich beinahe keine Kraft mehr hätte. Erst dann würde ich umkehren und könnte mich so zumindest der Illusion hingeben, dass ich es versucht hatte. Natürlich würde ich es nicht schaffen, denn das wäre ja der Sinn der ganzen Übung.*

Sie bückte sich und wusch sich im kalten Wasser. Sie spülte sogar den Mund mit Salzwasser aus.

Aber heute nicht. Ich habe keine Lust, an eine von Krabben zerfressene Leiche zu denken, wenn ich meinen letzten Atemzug tue.

Danach fühlte sie sich sauberer. In Gedanken versunken ging sie zurück zum Lager.

Die Mädchen saßen zusammen und unterhielten sich. Sie schienen sich gar nicht für Midori zu interessieren.

»Wir sollten die Lebensmittel so einteilen, dass wir die zuletzt essen, die sich länger halten«, schlug Seher vor.

»Also erst das stinkende Fleisch und die Butter«, meckerte Hannah.

Seher sah sie voller Verachtung an. »Ja, genau das.«

»Was soll das, die werden uns doch finden« Hannah klang bei weitem nicht mehr so sicher wie am Vortag.

»Ja genau, … die werden uns doch bald holen, oder?« Vanessa blickte hilfesuchend in die Runde.

Midori spürte ihren Blick und sah auf den Boden. Sie schlich zur Wasserflasche und nahm einen Schluck. Sie hatte immer noch den scheußlich sauren Geschmack im Mund und war sehr durstig. Es war eine ziemlich doofe Idee gewesen, den Mund mit Meerwasser auszuspülen, stellte sie fest.

Katharina saß etwas außerhalb der Runde und betrachtete sie. Ein frischer, hellrot leuchtender Kratzer zog sich quer über ihre linke Wange. »Gar kein Spruch, Midori?«

Midori fühlte sich schrecklich und ließ sich nicht provozieren. Ausnahmsweise hatte sie wirklich keine Lust auf ein Gespräch. Stumm ging sie zum Stapel mit den Fertigmenüs, der schon deutlich zusammengeschrumpft war. Sie holte sich das oberste, öffnete es und setzte sich auf den Boden. Nach kurzem Zögern griff sie zu einem eingeschweißten Brot und riss die Packung auf.

»Genau *das* meine ich, Midori!«, schimpfte Seher. Sie stand auf und zeigte theatralisch auf das Mädchen. »Kannst du nicht erst das Fleisch und die Nudeln essen? Die verpackten Sachen sollten wir noch aufheben. Ist das so schwer zu verstehen?«

Midori sah das Hauptgericht an. *Keine Chance, dass ich jetzt so etwas herunterbekomme.* Sie schüttelte den Kopf.

Seher verdrehte die Augen. »Für dich gibt es wohl nur eines, was zählt und das bist du selbst, was?« Sie ballte ihre Fäuste, als wolle sie Midori schlagen. Dann atmete sie resigniert aus und sah auf den Boden. Ohne ein weiteres Wort setzte sie sich wieder hin.

»Touché«, flüsterte Hannah, gerade so laut, dass alle es hören konnten. Midori biss in das trockene Brot und sagte nichts. *Mir doch egal, was ihr denkt. Dann haltet ihr mich eben für ein Arschloch.*

»Wir müssen jetzt zusammenhalten.« Vanessa sah jeden der Reihe nach an. »Wir müssen irgendwie auf uns aufmerksam machen, damit wir gefunden werden. Die suchen uns sicher schon. Vielleicht können wir ja ein Feuer machen oder so etwas.«

Katharina klatschte langsam in die Hände. »Ui, wie aufregend. *Die Fünf Freunde auf der Insel der Abenteuer.* Was meint ihr, ob es hier einen verstecken Piratenschatz gibt?«

Ohne auf Katharina einzugehen, fuhr Vanessa fort. »Wir sollten systematisch suchen, ob es nicht noch mehr Überlebende gibt. Jemand könnte verletzt sein und unsere Hilfe brauchen.«

So schnell gab Katharina nicht auf. »Ich meine natürlich, *die vier Freunde* und Katharina, ihr Hund. Eure Freundin Mia hat ja dankenswerterweise die Rolle des Opfers übernommen.«

Damit hatte sie Vanessas wunden Punkt getroffen. Vanessa schossen die Tränen in die Augen und sie hielt sich die Hand vor den Mund.

Midori hatte verzweifelt versucht, nicht an Mia zu denken. Als Katharina ihren Namen erwähnte, hatte sie plötzlich wieder das Bild vor Augen, wie sich die Krabbe in Mias Mund geschoben hatte und begann zu würgen. Wie sie gezuckt hatte, als sie sich zwischen ihre bleichen Lippen geschoben hatte …

Sie erbrach sich in den Sand zwischen ihren Beinen. *Schade um das Brot.* Alle Köpfe wandten sich zu ihr. Mit einer Hand nahm Midori Sand und bedeckte das Erbrochene. Dann klemmte sie den Kopf zwischen ihre Knie.

»Och, die Kleine wird doch nicht sensibel sein …«, grinste Katharina.

»Vielleicht ist unser Essen schon schlecht«, gab Hannah zu bedenken. Sie nahm eine Packung in die Hand und schnupperte mit angewidertem Gesichtsausdruck daran. Sie zog die Mundwinkel herab.

»Das wird's sein«, murmelte Midori, aber Katharina und Seher sahen sie misstrauisch an.

Vanessa hatte sich wieder gefangen. »Weiß jemand, wie man Feuer macht?« Keiner sagte etwas. Vanessa schnaubte resigniert.

»Versuch's mal damit.« Katharina griff in ihre Hosentasche und warf Vanessa ein mechanisches BIC zu. Es landete im Sand.

»Das ist ja …« Hastig nahm Vanessa das Feuerzeug und befreite es durch Pusten vom Sand. Gespannt drückte sie den Knopf, aber der Feuerstein schien völlig festgeklemmt zu sein. »Ich schaffe es nicht. Da klemmt irgendwas.«

»Ich habe ja gesagt: ›Versuch's mal.‹ Ich habe nicht gesagt, dass es geht. Es klemmt. Wenn du genauer nachsiehst, wirst du feststellen, dass es außerdem leer ist.« Katharina kicherte.

»Das hilft uns wirklich nicht weiter«, tadelte Vanessa sie sanft.

»Ratte«, sagte Hannah halblaut und ohne Katharina anzusehen. *Ratte* war seit ewigen

Zeiten Katharinas Spitzname, vermutlich aufgrund ihrer gebückten Haltung.

Katharina schäumte vor Wut. »Ratte? Ich werde dir zeigen, wer hier die Ratte ist. Und hier wird dir keiner helfen, du Fotze. Ja, jetzt bist du die Fotze. Fotze, Fotze, Fotze!« Die anderen betrachteten Katharinas Ausbruch mit Verwunderung.

Katharina griff in die olivgrüne Tasche, die sie so eifersüchtig gehütet hatte. *Scheiße, was kommt jetzt,* dachte Midori, die sich allmählich wieder etwas besser fühlte.

Nervös nestelte Katharina in der Tasche herum, dann zog sie geschwind eine knallrote Pistole mit einem dicken Rohr heraus. Damit zielte sie erst auf Hannah, dann auf die anderen. »So, jetzt tanzt ihr mal nach meiner Pfeife.«

Sie strahlte wie ein kleines Kind bei der Bescherung. Midori hatte sie noch nie so glücklich gesehen und es machte ihr Angst.

»Was ist das, eine Schreckschusspistole?«, fragte Hannah und grinste. Das rote Ding sah tatsächlich aus wie ein Spielzeug. »Kann ich auch mal haben?« Sie ging einen Schritt auf Katharina zu und streckte die Hand aus.

Midori packte sie am Arm und riss sie etwas unsanft zurück. Wütend wendete sie sich zu Midori um. »Das ist kein Spielzeug«, sagte Midori an Katharina gewandt, »das ist eine Signalpistole. Wenn das Ding geht, können wir damit vielleicht gefunden werden.«

Sie ließ Hannah los, die unschlüssig stehenblieb.

Katharina hielt ihren Kopf schief und machte eine Grimasse. »Oh, süße Midori, wie schlau du bist. Wenn du jetzt auch noch Titten hättest, wärest *du* die Königin der Klasse gewesen und nicht Nina.« Sie zog die Augenbrauen hoch.

»Du tust so, als wäre sie bereits tot«, sagte Hannah finster.

»Ach Hannah, du glaubst doch nicht, dass es außer uns noch jemand geschafft hat, oder? Stell dich den Tatsachen: Außer uns sind alle anderen tot. An deiner Nina knabbern schon die Fische.«

Hasserfüllt sah Hannah Katharina an. Die wandte sich wieder an Midori: «Andererseits ist das vielleicht ganz in deinem Sinn, wenn Nina aus dem Weg ist, oder? Gegen die wärst du ja doch nicht angekommen. Endlich hast du freie Bahn bei Tom.« Tom war seit beinahe einem

Jahr Ninas Freund. »Wenn er nicht gerade nekrophil ist, kannst du ihn dir jetzt endlich schnappen«

»*Tom?* Was zum Henker redest du da?« Midori schüttelte ungläubig den Kopf.

»Ich verstehe. Das Thema ist dir unangenehm. Wir wissen doch alle, dass du scharf auf ihn bist. Nein«, sie hob den Zeigefinger, »ich korrigiere: Nina wusste es nicht, vermutlich hielt sie dich tatsächlich für ihre Freundin.«

Midori holte Luft, um sich zu verteidigen, aber Vanessa kam ihr zuvor: »Katharina, das ist ja toll, was du da gefunden hast. Damit können wir …«

Katharina beachtete ihren Einwurf nicht und unterbrach sie: »Hat Nina im Flugzeug nicht neben dir gesessen? Wie kommt es denn, dass *du* lebst und *sie* tot ist?« In einer übertriebenen Geste kratzte sie sich den Kopf. »Grübel, grübel. Du wirst doch nicht nachgeholfen haben? Nein, das würdest du nicht tun, oder?«

Midori war schockiert. »Was? Du denkst … du hältst mich für eine Mörderin?«

»Hmm … Midori und Egoismus … hmmm … das kann nicht sein, oder?« Katharina kniff ihre Lippen zusammen und sah nach oben, tat so, als dächte sie angestrengt nach.

»Du redest hier von mehr als nur Egoismus.« Midori sah von einer zur anderen. Hannah blickte Midori mit weit aufgerissenen Augen an. *Verdammt, die hält mich für eine Mörderin.* Vanessa vermied ihren Blick und schaute woanders hin. Seher sah sie ruhig an. »Ihr alle … das ist ja lächerlich! Ihr seid doch alle wahnsinnig!«

»Ja, ja, Midori. Wir haben dich durchschaut. Nina konntest du blenden mit deinen Sprüchen, aber wir wissen, wie du *wirklich* bist.«

Midori versuchte, sich zu beherrschen. »Na gut, Doktor Freud, bin ich eben ein Miststück. Aber vielleicht sollten wir uns mal mit unserer Situation beschäftigen. Wir sind auf einer öden Insel mitten im Scheiß-Atlantik. Die einzige Quelle mit Süßwasser ist alles andere als ergiebig und unser Essen reicht vielleicht noch für zwei Tage, wenn wir so weitermachen. Wir können nur hoffen, dass jemand das Signal aus der Signalpistole sieht.«

»Wir machen aber nicht so weiter«, lächelte Katharina.

»Wie meinst du das? Willst du noch mal schnell zum Supermarkt und einen Kasten Bier und Chips kaufen?« Sie schlug sich an die Stirn. »Warum sind wir da nicht gleich drauf gekommen?«

Katharina lächelte. Dieses Lächeln missfiel Midori. »Nein. Du hast recht, unsere Ressourcen sind begrenzt. Aber ich werde dafür sorgen, dass sie länger halten.«

»Wie willst du das tun?« Trotz der Hitze lief ihr ein kalter Schauer über den Rücken.

»Ab jetzt übernehme ich die Verwaltung. Ihr seid meine Diener. Und du, Midori, du bist nicht mal das. Du bist die Fotze.«

»Was?«

»Halt's Maul, Fotze.«

»Da mache ich nicht mit.«

Katharina streckte ihren Arm aus und zielte mit der Pistole direkt auf Midoris Auge. »Hast du eine Ahnung, was passiert, wenn ich abdrücke?«

Midori sah sie erschrocken an.

»Du weißt es natürlich nicht. Ich auch nicht. Aber was sagst du dazu: Wollen wir es herausfinden?« Sie kniff ein Auge zu und lächelte Midori auffordernd an. »Bitte, wir wollen es herausfinden«, sagte sie in flehendem Tonfall. Midori gefror beinahe das Blut in den Adern, als sie dieses Lächeln sah. *Die will mich umbringen. Nein, das kann sie doch nicht ernst meinen.*

Vanessa wollte sie wieder versöhnen. »Vielleicht sollten wir …«

Katharina schwang die Pistole herum und zielte auf Vanessa. »Halt's Maul, Dienerin. Oder willst *du* die Fotze sein? Ach, das hatte ich ja ganz vergessen. Die Fotze bekommt nichts zu essen und zu trinken. Überlegt es euch also, auf welcher Seite ihr stehen wollt.«

»Das kannst du doch nicht machen«, wandte Midori ein. *Scheiße, ich klinge unsicher. Ich sollte aufstehen, ihr das verdammte Ding aus der Hand reißen und ins Meer werfen.*

»Ach, Midori«, sagte sie mitleidig, »du hast es immer noch nicht verstanden. *Ich* kann machen, was *ich* will. Du machst auch, was ich will. Ihr alle macht, was ich will.«

Midori schluckte und versuchte die Tränen zurückzuhalten. *Verdammt, Midori, reiß dich zusammen, du bist stark. Wenn du weinst, hat sie gewonnen.*

»Du bist Dreck, Abschaum, Fotze. Ich muss nur meinen Finger hier krumm machen, um dich in ein Häufchen Asche zu verwandeln. Es muss also wohl doch einen Gott geben, denn er hat mir dieses Ding geschenkt.«

Midori fragte sich, wie gefährlich die Signalpistole wirklich war. In einem Film hatte sie mal gesehen, dass der Held damit auf einen Hubschrauber geschossen hatte, der daraufhin in einem Feuerball explodiert war, aber das war eben Hollywood. Das war sicher übertrieben, in Hollywood-Filmen neigten ja alle Fahrzeuge Autos zu mehr oder weniger spontanen Explosionen. Dennoch war es eine potentiell tödliche Waffe und Katharina war wirklich unberechenbar.

Vielleicht erreichte sie mit Demut etwas. Midori senkte den Kopf. »Du hast gewonnen. Aber bitte, lass mich trinken. Nur einen Schluck Wasser, ja? Ich fühle mich nicht wohl.« Im Augenwinkel sah sie, wie Hannah aufsah. *Fühlst du dich überlegen, weil ich hier zu Kreuze krieche? Vielen Dank auch für die Solidarität.*

Katharina schüttelte den Kopf. »Ts, ts. Hast du denn nicht zugehört?« Es klang, als spräche sie mit einem kleinen Kind, eine Mischung aus Verständnis und Tadel. »Regeln sind nun mal Regeln und müssen befolgt werden. Wir wollen doch nicht, dass hier die Anarchie ausbricht, oder? Aber keine Angst, morgen wird eine neue Fotze gewählt. Vielleicht hast du ja Glück und jemand anderes ist dran? Hat was von Dschungelcamp, was? *Ich bin eine Fotze, holt mich hier raus.*«

Sie wandte sich den anderen zu. »Jetzt an die Arbeit. Vanessa, hol Wasser. Seher, du wirst die Lebensmittel ordnen, von schnell verderblich bis lange haltbar. Du, Hannah, überlegst dir, was wir hier sonst noch essen können. Muscheln, Früchte, Fische oder so was. Ich erwarte Ergebnisse.«

Ohne Widerspruch gingen die Mädchen an die Arbeit.

»Und du, Fotze, setzt dich ins Eck und wartest.«

Midori hielt es für das klügste, zu tun, was Katharina verlangte. Sie lehnte sich an die Felswand und versuchte, nicht an ihren Durst zu denken. Es war heiß. *Es sind die Scheiß-Kanaren, natürlich ist es heiß. Heiß und trocken. Du wolltest ja unbedingt die Kollegstufenfahrt hierher machen und nicht mit dem Englisch Leistungskurs nach London. Im Hyde-Park wäre das verdammt nochmal nicht passiert.*

Vanessa kam bald mit einer vollen Flasche zurück. Das Wasser funkelte verheißungsvoll in der Sonne. Midori zog die Knie an sich und versuchte, an nichts zu denken. *Yogi müsste man sein. Oder buddhistischer Mönch oder so.*

Sie hatte in Japan einmal mit ihren Eltern in einem buddhistischen Kloster übernachtet – wenn auch, wie sie und ihre Schwester mutmaßten, weniger um der spirituellen Erleuchtung willen, als vielmehr, um Geld zu sparen, weil das billiger als ein Hotel war.

Am nächsten Morgen hatten sie an einem Gottesdienst teilgenommen und eine halbe Stunde dem Singsang des Mönchs gelauscht, während sie auf einer Tatami-Matte knieten. Sie hatte versucht, offen zu sein und etwas für sich daraus zu gewinnen, aber der monotone Singsang hatte sie einfach nur gelangweilt. Es war schummrig gewesen und die Luft war vom Duft der Räucherstäbchen so gesättigt, dass sie kaum tief einatmen konnte, ohne husten zu müssen.

Danach waren auch noch ihre Beine eingeschlafen und zur großen Belustigung ihrer Schwester hatte sie Mühe gehabt, wieder aufzustehen. Sie war einfach sitzen geblieben, bis alle anderen gegangen waren. Ihre Mutter hatte erst geglaubt, Midori sei von der Andacht so bewegt, dass sie noch sitzen bleiben wollte. Als sie den Grund erkannte, lachte sie und erzählte die Geschichte allen japanischen Verwandten, die sich bis heute darüber lustig machen. Ihr Vater hatte nicht gelacht, da er das gleiche Problem gehabt hatte.

Sie konnte auch nicht die Begeisterung ihres Vaters für die steinernen Zen-Gärten teilen. Ein paar Linien in den Kies geharkt, na und? Gemeinsam mit ihrer Schwester hatte sie sich über Sinn suchende Pauschaltouristinnen und Hippie-Mädchen mit Dreadlocks und Calvin Klein Klamotten lustig gemacht, wie sie an jedem Zen-Garten im Lotussitz bei der Meditation zu finden waren. *Naja, ein bisschen Zen oder zumindest innere Ruhe wäre jetzt eigentlich ganz schön. Aber ich bin ja nur eine Bratwurst im Sushi-Kostüm,* dachte sie. *Ich hätte Judo oder Karate machen sollen statt Fußball, dann könnte ich Katharina vielleicht überwältigen.*

Unauffällig warf sie einen Blick zu ihrer Geiselnehmerin. Katharina saß ebenfalls an den Felsen gelehnt, die Pistole lag zwischen ihren ausgestreckten Beinen im Sand. *Zu riskant, ich bin ja nicht James Bond.*

»Husch, such auch etwas Essbares«, scheuchte Katharina Vanessa weg. »Und du auch, Seher. Wenn ihr etwas findet, dürft ihr es essen, ist das nichts?«

Vanessa zögerte einen Moment, als wolle sie etwas sagen, dann überlegte sie es sich anders und ging. Midori sah ihr nach, wie sie in der flirrenden Hitze verschwand.

»Meine Füße schmerzen. Massier mich, Fotze.« Midori ging zu Katharina und setzte sich zu ihren Füßen hin. Sie begann, Katharinas Füße zu massieren. Katharina grunzte wohlig und schien es zu genießen. Midori überlegte, ob sie ihr die Waffe wegnehmen könnte, aber sie hielt sie die ganze Zeit fest in der Hand. Und diese halb geschlossenen Augen konnten täuschen.

»Gar nicht schlecht. Massieren, das können die kleinen Asiatinnen, was? Oder willst du mich woanders massieren?« Sie strich sich über den

Schritt. »Willst du meine kleine Muschi massieren?«

Midori sah Katharina an. Voller Abscheu, wie sie hoffte.

Katharina grinste höhnisch. »Damit hast du nicht gerechnet, was? Aber vergiss es. Ich bin doch keine Lesbe wie du.« Sie spuckte Midori an und traf sie in den Haaren. Midori biss die Zähne zusammen und wischte sich die Spucke nicht weg. Den Triumph gönnte sie ihr nicht. »Behalte deine dreckigen Finger für dich. Ich werde schon dafür sorgen, dass du Tom nicht bekommst.«

Was jetzt – bin ich lesbisch oder stehe ich auf Tom? Und überhaupt, was will Katharina nur immer mit Tom? Midori hatte nicht das geringste Interesse an Ninas Freund. Er war zwar groß, sportlich und gut aussehend, aber auch ein ziemlicher Angeber, wie sie fand. *Keine Substanz*, dachte sie. Außerdem wollte sie ihre Freundschaft zu Nina nicht gefährden, schließlich garantierte die ihren Status in der Klasse. Und damit ihr angenehmes Leben. Oder wusste Katharina, dass Tom sie angemacht hatte? Das konnte sie nicht wissen, oder?

»Das genügt. Verpiss dich, Fotze.« Sie zeigte in Midoris Eck. Midori fragte sich, ob sie den Tag ohne Wasser überstehen würde. Ihre Kehle fühlte sich jetzt schon staubtrocken an. Zur Quelle konnte sie nicht, weil man sie vom Lager aus sehen konnte. Sollte sie einfach abhauen? Ohne Wasser würde sie nicht lange aushalten. Und was würde Katharina ihr antun, wenn sie dann halb verdurstet angekrochen käme?

Vielleicht gab es ja woanders Wasser. *Vielleicht aber auch nicht*, dachte sie missmutig. Sie kauerte sich zusammen und versuchte zu schlafen. In Gedanken schrieb sie eine Postkarte an ihre Schwester: *Liebe Aoi, die Kollegstufenfahrt ist überhaupt nicht so geil, wie du mir versprochen hast. Es ist einfach beschissen hier. Total heiß und das Essen ist mies. Ja, es ist noch schlimmer, wie wenn du kochst. Ich will nach Hause.*

Sie musste eingedöst sein, denn als sie unsanft an der Schulter gerüttelt wurde, waren die Schatten bereits viel länger und ein freundliches, gelbes Licht tauchte alles in eine friedliche Atmosphäre. »Wach auf, Schlafmütze. Ich esse so ungern allein.« Für einen Moment war Midori orientierungslos. Sie dachte, sie wäre daheim, in ihrem winzigen, vollgestopften Haus am Waldrand, das ihre Eltern so liebten und ihr »Hexenhaus« nannten. Dachte, ihre Mutter riefe sie und ihre Schwester zum Frühstück. Dabei war Aoi ja schon seit einem Jahr in Paris und studierte dort.

»Und wisch dir das Grinsen aus dem Gesicht, Fotze. Sonst übernehme ich das.« Schlagartig wurde Midori sich ihrer Lage bewusst und das Lächeln verschwand aus ihrem Gesicht. Vor ihr saß Katharina und öffnete eine der Plastikpackungen, neben ihr stand eine Flasche Wasser. Herrlich klares Wasser. Sie stellte sich vor, wie es ihre Kehle hinab rinnen und sie erfrischen würde. Sie hatte hämmernde Kopfschmerzen. Lag das an der Dehydrierung?

Katharina öffnete die Alupackung mit der Hühnchen-Nudel Pampe und roch vorsichtig daran. Angewidert verzog sie das Gesicht. »Igitt.« Dann blickte sie Midori prüfend an. »Oder willst du das?«

Sie hielt Midori die Packung unter die Nase. Es roch wirklich nicht gut, aber sie glaubte nicht, dass es verdorben war. Bevor Midori etwas entgegnen konnte, holte Katharina schon aus und schleuderte den Alubehälter mit Schwung ins Meer. »Nein, ich habe ja auch eine Verantwortung gegenüber meinen Untergebenen, was? Auch, wenn es Fotzen sind.«

Sehnsüchtig sah Midori dem Essen nach, das mit einem leisen Platschen im Meer versank. Katharina packte Brot und Kekse aus und aß sie genüsslich. Immer wieder nahm sie die Flasche zur Hand und trank einen Schluck. Midori fragte sich, ob sie sich die Signalpistole schnappen könnte, wenn sie schnell genug wäre. Wenn es zum Kampf käme, wäre sie Katharina bestimmt unterlegen, denn Katharina war größer und schwerer.

Katharina erriet ihre Gedanken. »Versuch's doch, Fotze. Ich würde echt mal gerne ausprobieren, was passiert, wenn man damit einen Menschen trifft.« Sie nahm die Pistole in die Hand und hielt den Kopf schief. »Und ich kann mir kaum ein besseres Versuchsobjekt vorstellen als dich.« Sie zielte über Kimme und Korn auf Midoris Auge und lächelte. »Vielleicht passiert ja gar nichts. Die Patrone ist total stumpf. Wenn sie abprallt und dir gar nichts geschieht, hast du umsonst einen Tag gefastet. Und an dir ist ja eh nicht viel dran.« Sie schlug sich auf den Bauch und rülpste genüsslich. »Ah, das hat gut getan.«

»Katharina?«

»Die Fotze spricht. Was sagt es denn?« *Da hat wohl jemand zu viel Schweigen der Lämmer gesehen. Soll es sich mit der Lotion einreiben?*

Midori sprach ganz ruhig. »Katharina. Willst du … willst du nicht nach Hause?« Sie machte eine Pause, aber die Angesprochene schien nicht antworten zu wollen. Ganz leise fuhr sie fort. »*Warum* willst du nicht nach Hause, Katharina? Wenn …«

Katharina sprang plötzlich auf und lief zu Midori. Sie holte mit dem rechten Fuß aus und trat ihr mit voller Kraft in die Seite. Midori war von dem Angriff völlig überrascht und fiel seitlich hin. Katharina hielt die Pistole mit ausgestreckten Armen und zielte auf die Liegende. »Du Scheißfotze. Du hältst jetzt dein dreckiges Lesbenmaul. Scheißfotze, Scheißfotze, Scheißfotze!« Immer wieder trat sie mit der Fußspitze gegen Midori, die sich zusammengerollt hatte und versuchte, die Tritte mit den Armen abzuwehren.

Schließlich ließ Katharina von ihr ab und trat zurück. Sie hielt sich den Fuß. »Verdammt, jetzt tut mir mein Fuß weh. Und das alles nur wegen dir.« Sie spuckte auf Midori, die auf dem Boden lag und wimmerte. »Ich werde dich bestrafen müssen, Fotze.« Midori hustete.

»Ich weiß etwas, das wird dir gefallen.« Sie lächelte Midori an. »Ich mache dir Abendessen.«

Midori blieb liegen. Alles tat ihr weh. Was für eine Teufelei plante Katharina jetzt? Vorsichtig drehte sie den Kopf, um etwas zu sehen.

Katharina saß in der Hocke da, ihre Hose hatte sie über die Knie gezogen. »Na, wer wird denn da spannen? Oh, ich vergaß deine Neigungen. Macht dich heiß, was?« Ihr Kopf war rot, sie drückte angestrengt. »Ihr Japanerinnen steht doch auf so was. Scheiße fressen und so.« Eine Ader an Katharinas Hals trat hervor. Nach einer Weile zog sie ihre Hose wieder nach oben. »Tut mir leid, das mit dem Abendessen dauert wohl noch etwas.«

»Das geht schon in Ordnung«, brachte Midori hervor und bekam gleich einen Hustenanfall.

»Na, wieder ganz die Alte, was? Nicht totzukriegen, die Kleine?« Spielerisch zielte Katharina auf Midoris Kopf. »Oder vielleicht doch?«

Midori beschloss, lieber nichts mehr zu sagen und setzte sich wieder in ihr Eck. 3-3-3, das war es. Nicht: bei Issos Keilerei, sondern die Faust-regel über das Überleben. Drei Minuten konnte man ohne Sauerstoff überleben, drei Tage ohne Wasser und drei Wochen ohne Nahrung. So weit wollte sie es aber nicht kommen lassen. Und sie hatte ja das wenige, was sie heute gegessen und getrunken hatte, wieder von sich gegeben, also blieb ihr sicher nicht so viel Zeit.

Nach und nach kamen die Mädchen zurück. Katharina stand auf und fragte erwartungsvoll: »Na, was habt ihr erlegt?«

Seher hatte ein paar Muscheln gefunden und Steine mitgebracht, mit denen sie sie knacken wollte. »Die kenne ich aus der Türkei. Schme-cken mit Knoblauch ganz gut – nur roh habe ich sie noch nicht gegessen.«

»Tja, schade, dass unsere Spezialistin für rohen Fisch heute auf Diät ist, sonst könnte sie ja mal probieren«, kommentierte Katharina mit einem Seitenblick auf Midori. Midori beschloss, sich nicht anmerken zu lassen, dass sie ganz froh war, dass sie keine unbekannten Muscheln roh essen musste. Eine Vergiftung hätte ihr gerade noch gefehlt.

Vanessa hatte runde, etwa pflaumengroße, gelbe Früchte gefunden. Katharina schnupperte daran. »Riecht sauer.«

»Fruchtig.«

Katharina grinste. »Dann probier doch mal eine.« Vanessa zog vorsichtig die zähe Haut ab und biss ein kleines Stückchen Fruchtfleisch weg. Sofort verzog sie ihren Mund und spuckte den Bissen wieder aus. »Buwäh. Sauer ist gar kein Ausdruck.« Beide lachten. Für einen Moment könnte man denken, dass sie auf einem Schulausflug waren.

Hannah brachte ein schwabbeliges, undefinierbares Etwas, das auf einen Stock gespießt war. »Was ist denn das?«, wollte Katharina wissen.

»Ich weiß nicht, das lag im flachen Wasser. Vielleicht ein Fisch?«, meinte Hannah zweifelnd.

Katharina lachte schallend. »Eher eine Seeschlange oder so. Haben Fische nicht Augen und Flossen?«

»Eine Seegurke«, sagte Midori. Sie hielt sich noch immer den Bauch.

»Oh, natürlich, Fotze ist ja Spezialistin. Esst ihr in Japan so was? Naja, ihr esst auch Hunde und Katzen, oder?

Midori schüttelte den Kopf. »Nein, aber Seegurken. Einige gelten als Delikatesse. Schmecken aber beschissen. Ich würde die Finger davon lassen. Ich glaube, es gibt auch giftige Arten.«

»Das sagst du nur, um mich runterzumachen«, stieß Hannah wütend hervor. Dennoch warf sie den Stock mitsamt der Seegurke weg. »Fotze!«

Midori war ehrlich schockiert, dass Hannah sie so nannte. Sie wagte nicht, Hannah anzusehen, sondern stierte auf den Boden. *Nicht weinen, Midori. Du bist kein Opfer. Nie wieder.*

Dann setzten sie sich hin und aßen. Jedes der Mädchen, außer Midori, bekam eine von Sehers Muscheln. Im Inneren lag ein schlammiges, matschiges Ding, aber es schien genießbar. Katharina verteilte noch eingepackten Kuchen und Brot aus den Menüs. Midori saß abseits und sah hungrig und durstig zu den anderen hinüber.

Vanessa stand mit der Flasche und einem Stück Kuchen in der Hand auf und ging zu Midori.

»Was wird denn das?«, wollte Katharina wissen.

»Du willst ihr doch nicht wirklich *gar nichts* geben, oder?«, erwiderte Vanessa.

»Da kannst du einen drauf lassen.«

»Ich gebe ihr von meinem Anteil.« Midori war gerührt.

»Du *hast* überhaupt keinen Anteil, Dienerin.« Katharina zog die Pistole und zielte auf Vanessa. »Setz dich jetzt.«

Vanessa seufzte und zuckte entschuldigend mit den Schultern. Midori nickte ihr dankbar zu und lächelte. *Du bist toll, Vanessa. Ich hatte keine Ahnung, wie toll du bist. Danke.* Eine Träne stahl sich in Midoris Auge und sie sah schnell weg, damit niemand sie sah.

»Mach dir keine Sorgen um Fötzchen. Die ist zäh. Und morgen wählen wir eine neue Fotze, was?«

Midori hatte den Verdacht, dass die alte Fotze auch die neue Fotze sein würde. *Ich muss hier weg*, dachte sie. *Diese Perverse will mich Scheiße fressen lassen. Wenn ich nur irgendwie an Wasser käme.* Ihre Augen schweiften in die Ferne. Über dem Meer standen dicke Wolken. *Cumulus,* dachte sie, *wunderschöne Cumulus-Regenwolken, prall gefüllt mit Millionen Litern frischen, kalten Wassers. Nur, ob sie sich hier abregnen? Warum sollten sie ausgerechnet hier?* Es sah nicht gerade so aus, als ob es hier oft regnete.

Endlich legten sich alle hin. *Wenn wir zusammenhelfen, könnten wir Katharina vielleicht überwältigen, aber Hannah scheint mich inzwischen ja wirklich zu hassen. Glaubt sie tatsächlich, dass ich Nina getötet habe, um an Tom heranzukommen? Das ist doch völlig lächerlich.*

Katharina blieb abseits von den anderen und beobachtete sie misstrauisch. Midori stellte plötzlich fest, dass Vanessa sie ansah. Sie lag ihr am nächsten. Etwas verlegen lächelte Midori ihr zu. »Danke, dass du … dass du mir etwas geben wolltest.«

Vanessa ging nicht darauf ein. »Hast du Mia … beerdigt?«, fragte sie leise.

Beerdigt? Naja, in gewissem Sinn kann man das wohl sagen. Womöglich hatte sie das tatsächlich. Midori nickte Vanessa zu. Hoffentlich war sie Mias Leiche nicht zu nahe gekommen.

»Ich habe es gesehen. Das war …« Man hörte, dass Vanessa weinte.

Schon gut, dachte Midori und machte eine wegwerfende Handbewegung.

Vanessa wischte sich über die Augen. »Das werde ich dir nie vergessen.« Midori nickte ihr zu. Was sollte sie sonst auch sagen? Dass sie Sand auf ihre beste Freundin geschippt hatte, weil eine Krabbenkolonie es sich in ihrem Kopf bequem gemacht hatte? Dass das Fressen in diesem Augenblick sicher weiterging und sich jetzt gerade ein Taschenkrebs an Mias Zunge satt fraß?

Mit feucht schimmernden Augen lächelte Vanessa ihr zu und drehte sich dann weg. Über die anderen hinweg sah Midori Katharina, die sie wachsam beäugte.

Sie gähnte demonstrativ und schloss ihre Augen. Zur Sicherheit. Midori schmiedete Pläne. Sollte sie es wagen, Katharina ihre Pistole abzunehmen? Nein, das war zu riskant, sie schien sie fest zu umklammern – und überhaupt wusste sie nicht, ob sie wirklich schlief oder nur so tat, sie wäre ja nicht die einzige. Am liebsten hätte sie einen Schluck Wasser getrunken. Ganze drei Flaschen standen achtlos herum. Die Quelle war ergiebiger als erwartet, wenn sie das Wasser nur immer sorgfältig abfüllten, würden sie keinen Durst leiden müssen. *Außer natürlich, man ist die Fotze,* dachte sie bitter. Aber es wäre Selbstmord, wenn sie sich jetzt hinstellen würde, um zu trinken.

Am Schluss ging es ganz automatisch. Sie dachte gar nicht viel nach, tat einfach das, was sie am besten konnte. Sie lief weg.

Midori zählte in Gedanken bis zehn, dann sprang sie auf. Sie sah im Augenwinkel, wie Katharinas Kopf nach oben schnellte, aber da war sie schon weg. Leichtfüßig lief sie über den Strand und schlug sogar ein paar Haken. Mit der Signalpistole konnte man vermutlich ohnehin nicht genau zielen, aber es schadete auch nicht.

Als sie ein paar Hundert Meter gelaufen war, drehte sie sich um. Niemand folgte ihr. Doch sie rannte weiter, denn das fühlte sich gut an. Ihre Augen waren an die Dunkelheit gewöhnt und sie konnte genug sehen. Sie lief unter einem dunkelvioletten Himmel mit Millionen Sternen und genoss das Gefühl von weichem, kühlen Sand unter ihren Füßen. ›Mid'ri, Mid'ri‹, hatte ihr Fußballtrainer immer gerufen, ›Mid'ri, mach rein das Ding.‹ Sie sprang in die Luft und ihr war, als ob sie fliegen könnte. Immer weiter lief sie in die Nacht, bis sie den Boden kaum noch erkennen konnte und das letzte bisschen Abendrot, weit über dem Meer, verblasst war.

Sie wurde langsamer, trabte im Wasser und auf Felsen, um keine Spuren zu hinterlassen. Dann ging sie etwas vom Strand weg und legte sich unter einen Baum, um zu schlafen. *Ich bin ein Wiesel. Niemand kriegt mich, weil ich so flink bin. Wenn ich müde bin, rolle ich mich zusammen und schlafe.* Sie machte sich so klein wie möglich und schlief, trotz der Kälte, beinahe sofort ein.

MINUS 3 JAHRE, 3 MONATE

Frau Hoffmann sah Midori prüfend durch ihre schicke Hornbrille an und lächelte. »Volle Punktzahl.« Dann wandte sie sich an die Klasse und sagte lauter: »Ihr seht also, es geht.«

Sie übergab dem Mädchen die Schulaufgabe und stolz nahm Midori sie entgegen. »Ganz hervorragend, Midori.«

Midori konnte nicht anders, sie musste einfach grinsen. Für einen Moment war der Stress mit Chiara und den anderen vergessen, sie war einfach nur stolz. Jetzt hatte sie ihre große Schwester eingeholt. Endlich war sie aus Aois Schatten getreten. Jedes Mal, wenn ein neuer Klassenlehrer sie zu Beginn des Schuljahrs begrüßte, stutzte er kurz beim Namen und dann kam die Frage: »Bist du etwa Aois kleine Schwester?« Wenn sie dann bejahte, spürte sie zentnerschwer den prüfenden Blick des Lehrers auf sich herunterfahren. Was die kleine Schwester wohl drauf hat, meinte dieser Blick.

Aoi genoss in der Schule einen beinahe legendären Ruf, spielend schrieb sie eine Eins nach der anderen und brillierte danach auch noch auf dem Klavier und in ihrer Volleyballmann-schaft. Doch in Mathematik war sie immer nur guter Durchschnitt gewesen, ihr schwächstes Fach. Und Midori hatte jetzt eine glatte Eins geschrieben. Zufrieden nahm sie Platz.

»Na, da strahlt aber jemand.« Das war Chiara, die direkt hinter ihr saß. Ihre alte Freundin. Ihre neue Feindin. Einige kicherten.

Mit hohntriefender Stimme fuhr sie fort. »Uups. Ich wollte dir nicht zu nahe treten. ›Strahlen‹ und so. Fukushima. Sorry, ja?« Jetzt kicherten alle um sie herum.

Midori wäre am liebsten im Boden versunken. Diesmal konnte sie es aber nicht auf sich sitzen lassen. Frau Hofmann war immer noch mit dem Austeilen der Arbeiten beschäftigt. Midori drehte sich zu Chiara um. In dem Augenblick meldete sich Chiara: »Frau Hofmann?«

Die Lehrerin blickte auf und sah, dass Midori sich zu Chiara umgewandt hatte.

»Midori! Dreh dich sofort wieder nach vorne. Nur, weil du einmal eine gute Note hast, bedeutet das keinen Freifahrtschein für Unfug.« Alle lachten jetzt. Midori errötete.

»Oje, grün wird rot!«, kommentierte jemand in einer Anspielung auf Midoris Namen, der »grün« bedeutete. »Vielleicht ist sie jetzt reif.«

»Ich glaube nicht, jetzt ist sie erst richtig sauer«, rief jemand anderes und es wurde noch lauter gelacht.

Ich werde nicht weinen. Ich werde nicht weinen. Midori spürte, dass das überhaupt nicht funktionierte. *Fuck …*

TAG 3

Midori erwachte, weil etwas sie kitzelte. Schlaftrunken kratzte sie sich am Rücken; als ihr aber klar wurde, wo sie war, sprang sie auf und schüttelte sich. Eine Raupe von der Größe ihres Mittelfingers fiel zu Boden. Um eventuelles weiteres Ungeziefer loszuwerden, hüpfte sie herum und strich sich hektisch mit den Fingern durch ihre halblangen, dunkelbraunen Haare. Es fiel nichts mehr heraus, das war wohl alles gewesen.

Sie ging in die Hocke und betrachtete interessiert das Insekt. Es war am ganzen Körper von langen Haaren bedeckt – oder waren das Stacheln? Das Tier hatte sich zusammengerollt, als es sich nach einer Weile sicher fühlte, streckte es sich und kroch gemächlich davon. Die Bewegung lief wie eine von hinten kommende Welle durch den kleinen Körper.

Kann man das essen? Lieber nicht, Insekten sind oft giftig, dachte sie. »Du hast Glück, Kleine«, flüsterte sie der Raupe zu. »Großes Glück. Mach das trotzdem nicht noch mal.«

Sie reckte ihre Glieder und machte sich auf, die Insel zu erforschen. Sie hatte seit 24 Stunden nichts mehr getrunken und wahnsinnigen Durst, aber sie fühlte sich gut. Sie war froh, allein zu sein. So lange sie allein war, konnte niemand sie verraten. Niemand konnte sie verletzen. *Ich bin ein Reh und spaziere durch den Wald. Ich bin ein scheues, leichtfüßiges Reh, hier bin ich zu Hause.*

Midori war barfuß und sie fragte sich, ob es hier Schlangen gab. Aber wie hätten die hierherkommen sollen? Vermutlich war die Insel vulkanischen Ursprungs und noch nie mit dem Festland oder anderen Inseln verbunden gewesen. Wahrscheinlich gab es hier überhaupt nicht viele Tiere, die nicht fliegen oder schwimmen konnten. Trotzdem sah sie sich den Boden genau an, bevor sie einen Schritt machte. Sie fand einen Stock und bewaffnete sich damit. Der Wald war nicht dicht und dunkel, sondern hell. Sie hatte einen Dschungel erwartet, aber dafür war es vermutlich zu trocken.

Sie hatte einmal gelesen, dass die deutsche Seele sich im Wald am wohlsten fühlte. *Das kann schon sein,* dachte sie, *ich könnte singen, so glücklich fühle ich mich.* Und dann tat sie es. Erst summte sie, dann sang sie: »Aru hi, mori no naka«, ein japanisches Lied über einen Bären im Wald.

Dieses Lied hatten sie früher immer mit ihrer Mutter auf langen Autofahrten gesungen. Ob ihre Eltern sie für tot hielten?

Naja, dachte sie, *vermutlich liegen sie damit ja gar nicht so falsch. Mein Tod ist nur noch eine Frage der Zeit.* Sie brauchte dringend Wasser. Sie hoffte, einen Tümpel oder etwas Ähnliches zu finden, aber der Boden war hart und trocken und es sah nicht so aus, als gäbe es hier überirdische Wasservorkommen. Vielleicht entdeckte sie ja noch eine Quelle. Sie musste noch weiter nach oben, in die Berge. Ja, Quellen gab es immer in den Bergen, nicht wahr? Oder kühle Bergseen mit glasklarem Wasser. *Träum weiter, Midori. Du bist hier nicht auf Heidis Alm, sondern auf einem vulkanischen Felsbrocken, einen Steinwurf von der Sahara entfernt.*

Es war schön hier im Wald. Man hörte das Meer rauschen, es war warm, aber schattig und man war geschützt vor der Sonne. Ihr fiel auf, dass es ziemlich dunkel geworden war. Sie blickte nach oben. Durch die Blätter sah sie einen grauen Himmel. *Das kann doch nicht wahr sein! Oh, Fliegendes Spaghettimonster, erhöre deine bescheidene Dienerin! Lass es regnen und ich ver-spreche dir ... ich verspreche dir, dass ich eine Woche nur Spaghetti esse, wenn ich wieder nach Hause komme! Ich werde meine erstgeborene Tochter Minestrone nennen, und wenn es ein Sohn wird, soll er Risotto heißen! Aber bitte, bitte, lass es regnen! Und wenn es doch noch einen anderen Gott gibt, tu mal was für die kleine, ungläubige Midori! Allah, Shiwa, Zeus, Manitu, jetzt macht mal.*

Sie hörte einen Tropfen dick und schwer auf ein Blatt fallen. Dann prasselte es los. *Nein, ich werde mich nicht wie ein Vollidiot mit offenem Mund hinstellen,* dachte Midori. Sie suchte sich die größten Blätter, die sie finden konnte, und legte sie so auf den Boden, dass sich das Wasser in ihnen sammeln konnte. Dann zog sie ihr T-Shirt aus und legte es darauf.

Ein weiteres Blatt setzte sie so an ihren Mund, dass das Wasser direkt hineinlief. Wie gut das schmeckte! Midori trank, so viel sie konnte und als sie nicht mehr konnte, trank sie einfach noch mehr. Sie bedauerte nur, dass sie keine der Fla-schen hatte. Vielleicht bildeten sich ja irgendwo Pfützen oder Tümpel, sodass sie in den nächs-ten Tagen genug zu trinken hätte. Vielleicht aber auch nicht.

Sie hatte eine Idee. Sie wickelte ihr mit Wasser vollgesogenes T-Shirt in einige der größten Blätter ein. Vielleicht könnte sie in diesem Schwamm ja etwas Wasser aufbewahren. Midori Crusoe. Oder Robinson Midori? Naja, wenn sie sich so ansah, könnte sie höchstens in einer italienischen 70er-Jahre Sexklamotte mitspielen, Robinson auf der Insel der Nymphomaninnen oder so, dachte sie. Außer, dass sie dafür nicht blond genug war. Und, wie Katharina bemerkt hatte, auch an der Oberweite haperte es.

Bald wurde ihr kalt in ihrem Bikini. Sie hätte eben doch einen Badeanzug anziehen sollen, so wie ihre Mutter ihr das immer nahe legte. Der winzige Bikini, meinte sie, ließe der Fantasie ja gar keinen Raum mehr. Als ob es Midori darum ginge. Sie wollte einfach nur nicht die einzige in ihrer Klasse mit Badeanzug sein. Nach ihren Kommentaren zu schließen, stellte Mutter sich einen Besuch im Freibad mit Freunden als eine Art Gruppensex-Veranstaltung vor. Was ja irgendwie auch tief blicken ließ.

Sie zog sich unter einen Baum zurück, hockte sich an den Stamm gelehnt hin und umklammerte ihre Knie. Nach einer Weile hörte der Regen so plötzlich, wie er angefangen hatte, wieder auf. Die Sonne kam heraus und die Welt erstrahlte in frischem, sauberem Glanz. Überall glitzerten Regentropfen und die Luft war so klar wie am ersten Tag der Schöpfung. Zumindest, wie man sich das so vorstellte. In Wirklichkeit war die Luft auf der Erde in den ersten paar Milliarden Jahren wohl eher ungesund gewesen – zu viel Schwefel und zu wenig Sauerstoff. Trotzdem war es schön, sich das vorzustellen.

Regentropfen glitzerten auf Midoris inzwischen ziemlich stark gebräunter Haut und ihre Haare glänzten beinahe schwarz. Sie atmete tief durch und stellte sich kurz so in die Sonne, dass ihre goldenen Strahlen sie wärmten.

Dann nahm sie vorsichtig ihren Schwammbeutel und ging weiter. Wasser tropfte heraus, aber sie hoffte, dass genug drin bliebe, damit sie auch am nächsten Tag etwas zu trinken hätte.

Jetzt, da sie getrunken hatte, meldete sich der Hunger umso heftiger. Ihr Körper schien nicht zu wissen, dass er drei Wochen ohne Nahrung auskommen konnte, sondern verlangte gierig nach Essen. War da wirklich nichts, was zur Nahrung taugte? Bestimmt gab es irgendwelche Früchte. Welche Früchte waren eigentlich auf den Kanaren einheimisch? Sie wusste, dass hier Bananen angebaut wurden, aber sie bezweifelte, dass sie wild wuchsen.

Beeren? Die wollte sie nur essen, wenn sie absolut sicher war, dass sie nicht giftig waren. Womöglich gab es auch Pilze, aber damit kannte sie sich gar nicht aus. Wenn es nicht gerade Champignons, Pfifferlinge oder Shiitake waren, würde sie die Finger davon lassen.

Und Fleisch? Bis jetzt hatte sie noch nicht einmal eine Maus gesehen. Sie war sich auch nicht sicher, ob sie eine Maus roh essen könnte. *Heavy Metal, yeah.* Sie stellte sich vor, wie sie einer Maus den Kopf abbiss. So würde man sie irgendwann finden, nackt und völlig verdreckt, mit wild rollenden Augen, aus dem Mund ragte ein Rattenschwanz, der sich noch ringelte. Später würde ein Ghostwriter ihre Geschichte aufschreiben »Drei Jahre in der Wildnis« und sie würde damit reich werden. Trotzdem würde sie in ihrem Penthouse in Schwabing wie ein wildes Tier leben, nackt auf dem Balkon schlafen und ihre Notdurft hinter dem weißen Designersofa verrichten. Irgendwann würde sie in den Englischen Garten entkommen und sich dort verstecken. Nachdem sie vor den Augen einer alten Dame ihren geliebten Pudel erlegt und verspeist hatte, würde die Polizei sie mit einem Großaufgebot fangen. Ein völlig überforderter, nervöser Polizeisprecher würde dann der versammelten Presse den Vorgang erklären, wie sie die »Festnahme des Subjekts, welches deutliche Spuren der Verwahrlosung erkennen ließ, mit Unterstützung von eigens aus Niederbayern und Schwaben eingereisten Kräften der Bereitschaftspolizei vorgenommen hatten.« Dabei sei einer der Beamten leicht verletzt worden, als das Subjekt ihm einen Biss in den Oberarm zugefügt habe.

Midori, deine Fantasie geht mit dir durch, sagte sie sich. Und dann: *Na und?*

Sie konzentrierte sich wieder auf ihre Situation. Es gab vielleicht keine Nager, aber es gab Vögel. Und Vögel legten Eier, richtig? Gab es giftige Eier? Nein, entschied sie. Vielleicht waren Insekten- oder Krokodilseier giftig, Vogeleier aber sicher nicht.

Midori ging zwischen den Bäumen hindurch und spähte nach oben. Vielleicht konnte sie ja von unten ein Vogelnest in den knorrigen Ästen entdecken. Sie hörte Vögel zwitschern, die mussten ja irgendwo brüten. Und auch die

Möwen und die anderen Seevögel hatten ihre Nester nicht auf dem Meer.

Da! Irgendetwas Dunkles hing in den Ästen. Sie ging einen Schritt zurück. Ja, sie hatte sich nicht getäuscht. Vorsichtig stellte sie ihren Wasserbehälter ab und stieg behände auf den Baum.

Schon seit ihrer Kindheit liebte sie Klettern. In der Nähe ihrer alten Wohnung war ein prächtiger Walnussbaum gewesen und sie war zum Entsetzen ihrer Eltern immer wieder bis fast ganz nach oben gestiegen. Dort saß sie dann oft lange und betrachtete die Menschen und die Landschaft. Stundenlang hatte sie da gesessen, zumindest behaupteten ihre Eltern das. Aus dieser Perspektive wirkte alles klein und unbedeutend. »Alles, was uns groß und wichtig erscheint, ist plötzlich nichtig und klein ...«, summte sie. Hatte sie Klettern deshalb so geliebt? Oder war das jetzt zu philosophisch? Vielleicht genoss sie es auch einfach nur, ausnahmsweise mal auf alle anderen herabsehen zu können.

Der Baum war nicht besonders hoch und hatte dicke Äste. Ideale Voraussetzungen zum Klettern. Prüfend trat sie auf einen Ast und hopste etwas herum. Das Holz schien gesund und fest.

Ich bin ein Zweig im Wind. Ich schwanke und doch falle ich nicht, ich bin ein Zweig im Wind.

Das Dunkle war tatsächlich ein Vogelnest, zu ihrer Enttäuschung war es aber leer. Dafür hatte sie in einer Astgabelung ein anderes Nest entdeckt, in das sie sich beinahe hineingesetzt hätte. Darin lagen vier kleine, graue Eier. »Bingo«, flüsterte sie. Anstatt zu versuchen, die Eier nach unten zu bringen, beschloss sie, sie an Ort und Stelle zu verspeisen. Sie setzte sich auf einen dicken Ast und nahm sich das erste Ei vor.

Unschlüssig sah sie es an. Das Ei war warm, die Schale fühlte sich weich und sehr, sehr zerbrechlich an. Sie presste den Mund zusammen und zerquetschte es ungeschickt in der Hand. Der Inhalt ergoss sich in ihre schmutzige Handfläche. Zu ihrem Entsetzen schwamm in der glibberigen Masse ein winziger Vogelembryo und das ganze Ei war von kleinen, roten Äderchen durchzogen.

Das kann ich doch nicht essen. Sie bewegte die Hand hin und her und betrachtete den Embryo von allen Seiten. *Midori, wenn du das nicht isst, bist du genau das verwöhnte Großstadtkind, für das ich dich immer gehalten habe. Iss das jetzt.*

Sie schloss die Augen, legte die Hand an den Mund und stürzte den Inhalt in den Mund. Mit angewidertem Gesichtsausdruck schluckte sie ihn unzerkaut hinunter. Erst dann öffnete sie die Augen wieder. Ein paar Meter neben ihr setzte sich ein kleiner brauner Vogel auf einen Ast und zwitscherte lautstark. »Dein Nest? Es tut mir leid, aber ich muss überleben. Das Gesetz der Natur, du verstehst?«

Sie nahm das nächste Ei und diesmal gelang es ihr, es zu öffnen, ohne dass alles herauslief. Sie hielt es über ihren geöffneten Mund und zer-quetschte es, so dass der Inhalt hineinlief. Er fühlte sich etwas schleimig an und sie durfte nicht darüber nachdenken, dass sie gerade ein Vogelbaby aß, aber sie spürte beinahe, wie gut es ihr tat. Als nur noch ein Ei im Nest lag, hielt sie inne. *Das lasse ich übrig. Werde groß und leg noch mehr Eier für mich.* Dann leckte sie sich die Finger ab.

Der kleine Vogel saß immer noch da und schimpfte. »Ich danke dir, kleiner Vogel.« Ernst nickte sie dem Vogel zu und machte sich an den Abstieg. Wenn es auf der Insel keine Eierräuber gab, konnte es sein, dass die Vögel unvorsichtig waren. So wie einst die Dodos auf Mauritius. Vielleicht gab es oben in den Bergen auch Kolonien größerer Seevögel, deren Eier wären sicher nahrhafter als die winzigen Singvogeleier. Sie würde einfach von Eiern leben, bis eine Salmonellenvergiftung sie dahinraffte oder ihr Cholesterinspiegel ihr den Rest gab.

Meine Insel, dachte Midori, *ich streife über meine Insel. Ich brauche nichts und niemanden, ich bin mir selbst genug.* Midori hatte die Menschen, die es nicht allein aushielten, nie verstehen können. Sie war schon als Kind gerne für sich herumgewandert, hatte sich einen Apfel oder eine Tüte Erdnüsse mitgenommen und war dann ziellos durch den Wald gestreift. Manches Mal hatte sie sich verlaufen, aber die Wälder in Deutschland sind nicht so groß, dass man darin verloren gehen kann. Vor allem die Wälder in der Nähe ihres Wohnorts. *Hier kann man sich auch nicht verlaufen,* dachte sie, *man landet immer wieder am Meer.*

Wo Menschen sind, kann man verletzt werden. Wenn man allein ist, tut einem niemand weh. Hier muss ich niemandem etwas vorspielen. Niemand beschimpft mich oder hält mich für eine Mörderin und keiner verlangt, dass ich Scheiße fresse.

Sie fragte sich, wie es den Mädchen gehen mochte. Hatte Katharina ein neues Opfer gefunden? Wer würde es sein? Hatte Hannah etwas Falsches gesagt und damit Katharinas Zorn auf sich gezogen? Hatte Sehers ruhige Art sie auf die Palme gebracht? Oder hatte Vanessa ihr eine Moralpredigt gehalten? Womöglich war es ihnen gelungen, Katharina zu überwältigen und die Pistole an sich zu nehmen. Sie konnte nicht ständig wachsam bleiben. Und wenn der Versuch misslungen war? Sie hoffte inständig, dass niemandem etwas passiert war. Auch Katharina nicht, denn egal, wie schlimm sie sie behandelt hatte, Midori war sicher, dass es dafür eine Ursache gab. Geben musste. Die Wut, mit der Katharina sie attackiert hatte, als sie wissen wollte, warum sie nicht zurückkehren wollte, das hatte einen Grund. Warum wollte sie unbedingt jemanden demütigen? Warum bezeichnete sie ihr Opfer ausgerechnet als »Fotze«?

Ihr Weg führte Midori bergauf. Sie ging durch den lichten Wald. Die Bäume hatten dicke, glänzende Blätter; Lianen und Moos hingen von den Ästen herunter und bedeckten den Boden. Alles wirkte so urtümlich, dass sie sich kaum gewundert hätte, wenn gleich ein Dinosaurier durch das Unterholz gebrochen wäre.

Was war denn das? Sie blieb stehen und zog die Luft durch die Nase ein – alles um sie herum roch. *Ein duftender Wald? Was für eine Insel.* Sie lächelte und grübelte, woher sie diesen Geruch kannte. Irgendwas aus der Küche? Dann fiel es ihr ein: Lorbeer! Wie wunderbar, ein duftender Lorbeerwald. *Wie kleinlich wir Menschen sind – wir streiten uns um stinkende Fertignahrung und beschimpfen uns gegenseitig, während hier oben ein wunderschöner, magischer Wald darauf wartet, entdeckt zu werden.*

Sie wollte weiter nach oben, um zu sehen, ob in den Felsen vielleicht Möwen nisteten, als plötzlich Krähen vor ihr aufflogen. *Fliegt nur weg,* dachte sie, *hier kommt die Eierdiebin. Schrecken unserer gefiederten Freunde und aller cholesterinbewussten Menschen.*

Sie blieb stehen und kniff die Augen zusammen. Was hatten all die Krähen da gemacht? In der Nähe ihres früheren Hauses hatte es viele dieser schwarzen Vögel gegeben, oft wühlten sie in den Mülleimern nach Essbarem, aber sie jagten auch. Einmal hatte sie gesehen, wie eine Krähe ein kleines Eichhörnchen wegtrug. Die Krähe hatte sich in Midoris geliebten Walnussbaum gestürzt und dort ein Riesenspektakel veranstaltet. Kurz darauf sah

Midori sie davonfliegen, in den Krallen ein leb-
loses, orangerotes Fellbündel. Damals war sie
noch klein gewesen, sie hatte Mitleid mit dem
niedlichen Eichhörnchen gehabt und war
wütend auf die hässliche Krähe gewesen.

Aber inzwischen mochte sie die Vögel. Sie
galten als intelligent, und wenn man einen
ansah, konnte man es glauben. Außerdem
bezeichnete ihre Schwester Aoi sie aufgrund
ihrer meist schwarzen Kleidung scherzhaft als
corneille, Krähe. Midori wies dann jedes Mal
darauf hin, wie klug diese Tiere waren, und
bedankte sich für das Kompliment. Jetzt hatten
sie sogar noch mehr gemeinsam, denn auch
Krähen waren Eierräuber.

»Bonjour, les corneilles«, murmelte sie. Sie
schob die Blätter auseinander. Auf einer kleinen
Lichtung unterhalb eines Felsens lag etwas.
Nicht schon wieder eine Leiche, dachte Midori.
Diesmal werde ich mein Essen bei mir behalten.
Hörst du, Magen? Wenn du jetzt schlappmachst,
bekommst du zur Strafe gar nichts mehr.

Vermutlich ist es ohnehin nur ein totes Tier. Eine
Möwe oder vielleicht eine Maus. Und wenn nicht?
Um sich vorzubereiten, versuchte sie sich das
Schlimmste vorzustellen, das dort liegen

könnte. *Dort liegt meine Schwester, nackt und geschändet. Ein dicker Wurm kriecht aus ihrer leeren Augenhöhle und eine Ratte frisst die Zunge in ihrem Mund. Gottfried Benn ist wirklich ein Weichei gegen mich. Überbiete das mal, Realität.*

Sie schluckte und näherte sich vorsichtig. Es war kein Tier. Sie sah menschliche Beine. Nackte, braungebrannte Beine ohne Schuhe. Mädchenbeine? Vermutlich. Ein zerfetztes, geblümtes Kleid bedeckte notdürftig die Blöße der Toten. Ein Kleid, das ebenso hässlich wie teuer war. So etwas trug in ihrer Klasse nur eine: Greta.

Die eher unscheinbare, etwas dickliche Greta war *die* Berühmtheit in ihrer Klasse. Ihr Vater war Politiker und manche dachten, er hätte Chancen, in seiner Partei ganz nach oben zu kommen. Es war eine konservative Partei und Gretas Vater, Dr. Kleber, betonte immer wieder, was für eine normale Familie sie seien, dass sie in einer ganz normalen Wohngegend in einem ganz normalen Haus lebten und ihre Tochter auf eine ganz normale, staatliche Schule ging. Auf Fotos sah man ihn Bier trinken mit anderen, »ganz normalen« Leuten. Dass sie in einer Limousine von der Schule abgeholt wurde und das Haus von Midoris Familie vermutlich in die

Besenkammer von Klebers »ganz normalem Haus« gepasst hätte, verschwieg er. Sie erinnerte sich auch, dass Kleber immer wieder, wenn man ihm Fremdenfeindlichkeit vorwarf, sagte, er liebe Ausländer, Döner und Pizza gehörten zu seinen Leibspeisen und eine Schulfreundin seiner Tochter sei Türkin. Dabei hatte sie Seher und Greta nie zusammen gesehen – Freundinnen waren sie bestimmt nicht. Der Fairness halber musste man aber sagen, dass Seher sich allgemein vom Rest der Klasse fernhielt.

Einmal war in einem Wahlkampf-Flyer sogar Gretas Bild abgebildet gewesen. Mit blonden Zöpfen stand sie neben ihrem Bruder Johann und ihrer Mutter, die eine geblümte Schürze trug. Ihr Vater stand hinter den beiden und umarmte alle drei, gleichsam schützend. Midoris Vater hatte geschimpft, dass Kleber seine Kinder für den Wahlkampf instrumentalisiere und dass er jede Wette eingehe, dass es zu Hause in Wirklichkeit ganz anders zugehe.

Sie hatten dann gemeinsam spekuliert, ob in Wahrheit seine Frau vielleicht Herrn Kleber unterdrückte und die Peitsche schwang, wenn er ungehorsam war oder ob die ganze Familie

Androiden und gar keine echten Menschen waren.

Midori seufzte. Es half nichts, sie musste sich die Leiche ansehen. Es ging nicht anders.

Gretas Beine waren seltsam über Kreuz. Sie lag unterhalb eines Felsens; war sie etwa hinaufgeklettert und heruntergefallen? Konnte dieser Sturz tödlich sein? Womöglich. Warum war sie nicht am Strand geblieben? Naja, auch Seher hatte berichtet, dass sie zuerst ins Innere der Insel gegangen war und sich von einem Hügel einen Überblick verschaffen wollte. Midori legte den Kopf in den Nacken. Was wollte sie aber von diesem Felsen aus sehen? Die Wipfel der umliegenden Bäume? Es schien ihr nicht so, als könne man von oben viel sehen.

Vielleicht war sie verzweifelt gewesen. Sie hatte sich verlaufen, sie war allein und hatte Angst. Vielleicht war es nachts gewesen.

Zögernd sah sie Greta ins Gesicht, nur ganz kurz. Doch da war nichts mehr. Die Krähen hatten längst alles Fleisch weggepickt und an manchen Stellen hatten sie schon den weißen Totenschädel freigelegt. Nur vereinzelt hingen da noch Sehnen und Muskelfleisch. Auch an ihrem Bauch und am Unterleib hatten die Vögel schon gefressen. Greta sah überhaupt nicht mehr aus wie ein Mensch, sondern eher wie ein Roboter, dem man das Gesicht abgenommen hatte, wie in so einem Science-Fiction-Film. *Sehr gut, nicht nachdenken. Das ist ein Film. Du bist in einem Film, Midori.*

Neben Greta lagen zwei Müsliriegel. Ohne nachzudenken, steckte Midori sie in ihr Bikinihöschen. Dann wandte sie sich schnell ab und atmete tief durch. *Jetzt nur nicht an Essen denken.* Sie konzentrierte sich auf die Baumkronen über sich. Dachte daran, wie der Wind darüber strich, und stellte sich das Rauschen der Blätter vor. *Ich bin ein grüner Baum auf einer Wiese. Der Himmel ist blau und ein frischer Wind streichelt mich. Alles ist frisch und sauber.*

Nach einer Weile fühlte sie sich besser. *Ausgezeichnet, ich hab's geschafft. Ich muss nicht noch einmal hinsehen. Ich werde einfach weitergehen. Nächster Tagesordnungspunkt.*

Dann zögerte sie. *Nein, das kann ich nicht. Ich bin Greta etwas schuldig. Besonders ich.*

Sie blieb stehen und senkte ihren Kopf. *Mach's gut, Greta. Tut mir leid, wenn ich nicht nett zu dir war. Das war nicht so gemeint. Es war nie so gemeint. Verdammte Scheiße, bin ich wirklich so ein Arschloch?*

Midoris Augen wurden feucht und sie setzte sich auf den Boden. »Es tut mir leid, Greta«, sagte sie laut, »Das hast du nicht verdient. Keiner hat das verdient, Mia nicht und Herr Kugler auch nicht und all die anderen. Ein paar von uns hatten Glück und saßen auf dem richtigen Sitzplatz im Flugzeug. Ein paar von uns hatten noch mehr Glück und haben diese Insel gefunden.

Du hattest es nicht leicht, Greta. Wir haben uns über dich lustig gemacht, weil du ein bisschen dick bist. Und weil wir neidisch waren, weil dein Haus schöner ist als unsere und dir dein Vater jeden Wunsch erfüllt. Ich war nur neidisch, hörst du? Ich war so neidisch auf dich.« Die letzten Sätze schrie Midori beinahe.

Sie schniefte und sprach leise weiter. »Die Lehrer haben dich komisch behandelt und wir waren auch nicht besser. Wir waren schlimmer. Und ich war die Schlimmste. Für ein paar billige Lacher habe ich dich verletzt. Um meinen eigenen Status zu sichern, habe ich nach dir getreten. Ich kann das niemals wieder gut machen. Es tut mir so leid, Greta.« Sie machte eine kleine Pause. »Scheiß auf das Fliegende Spaghettimonster, ich weiß nicht, ob du an Gott glaubst, obwohl dein Vater ständig von ›christlich‹ spricht. Aber ich wünsche dir, dass es dir besser geht, wo du jetzt bist.«

Sie rupfte ein paar Blätter von einem Busch ab und warf sie, ohne nochmals hinzusehen, in Richtung von Gretas Gesicht. Eine Geste, mehr nicht. Die Krähen würde das nicht abhalten.

Als sie weiterging, fragte sie sich, ob sie auch so enden würde wie Greta. So friedlich die Insel auch aussah, der Tod lauerte überall. Besonders, wenn man allein war. Sie musste sich nur eine kleine Infektion holen oder das Bein brechen, wenn sie das nächste Mal von einem Baum sprang. Wie schnell konnte das geschehen. Verletzungen, über die man zu Hause nur lachte, würden hier den sicheren Tod bedeuten.

Aber Midori, seit wann fürchtest du dich vor dem Tod? Oder hast du Angst vor den Schmerzen? Oder möchtest du nur nicht unbeweint sterben? Sie lächelte – nein, das würde nicht passieren. Sie war sicher, dass ihre Eltern und ihre Schwester schon viele Tränen um sie vergossen hatten. Aoi, ihre geliebte Hass-Schwester. Aoi, die an ihrer Uni in Paris einen rätselhaften Freund hatte, sprach immer wieder darüber, dass sie Midoris Freund testen wolle, wenn es da irgendwann mal jemand »Besonderes« gäbe. Sie würde ihn betrunken machen und dann ausfragen. Vielleicht würde sie auch seine Treue testen, aber nur vielleicht. Vermutlich würde er sowieso nicht auf sie stehen, meinte sie. Es sei schwer vorstellbar, dass ein Mann Midori attraktiv fände und gleichzeitig auch ihre große Schwester Aoi. Die beiden waren einfach zu unterschiedlich. Midori, *la Corneille*, hatte dunkelbraune Haare, hellbraune Augen und eine eher knabenhafte Figur. Sie trug beinahe immer schwarze Kleidung, schminkte sich kaum und war bekannt – oder vielmehr gefürchtet – für ihren bissigen Humor. Dagegen hatte Aoi Vaters hellbraune Haarfarbe geerbt und Mutters schwarze Augen, die sie perfekt mit Make-up betonte. Sie sah aus wie eine Elfe aus einem Märchenbuch, fand Midori. Oder wie eine Puppe. Aoi war zwar auch nicht gerade üppig, trug aber sexy Kleidung, die ihre körperlichen Vorzüge zur Geltung brachte. Wenn sie in Japan waren, musste Aoi manchmal Autogramme geben und Männer wollten sich mit ihr fotografieren lassen, weil sie sie für ein *Idol* hielten. Midori stand dann immer verlegen daneben und blickte die Männer hass-erfüllt an.

Es schien Midori unwahrscheinlich, dass ein Mann sich noch für sie interessierte, wenn er erst einmal Aoi gesehen hatte.

Sicher hatten ihre Eltern und ihre Schwester schon die Hoffnung aufgegeben, Midori jemals lebend wieder zu sehen. Was war denn geschehen? Wo waren die Suchflugzeuge? Die Hubschrauber mit den Froschmännern? Man könnte fast glauben, dass die Welt draußen aufgehört hatte, zu existieren. War es zum dritten Weltkrieg gekommen? War ihr Flugzeug aufgrund des elektromagnetischen Impulses einer Atombombe abgestürzt? Waren sie auf einem der wenigen Flecken der Welt, die noch nicht zerstört waren, während alle Städte in Trümmern lagen? Irrten anderswo die letzten, verstrahlten Überlebenden durch eine graue, zerstörte Landschaft und ausgerechnet sie hatten die letzte unverseuchte Insel gefunden?

Klar, Midori, so muss es gewesen sein. Das Leben ist ein Computerspiel, weißt du … Jetzt mal Klartext: Der Pilot war besoffen, das hat Vanessa doch gesagt. Er ist wahrscheinlich in eine falsche Richtung geflogen und die Suchmannschaften sind ganz woanders. Vielleicht gehört diese Insel schon zu Afrika.

Aber die Suchtrupps würden den Suchradius vergrößern, wenn sie nichts fanden, oder? Ein Flugzeug verschwand nicht einfach so, auch kein kleines. *Ach ja? Hast du keine Nachrichten gesehen? War nicht neulich eine Boeing 777 verschwunden? Und die war deutlich größer als unser knuffiges Wasserflugzeug. Die Welt ist viel größer und wilder als du dir das vorstellst, Midori.* Aber wurde nicht der gesamte Flugverkehr beobachtet? Saßen nicht Fluglotsen vor Radarschirmen und dirigierten die Flugzeuge, um zu verhindern, dass es zu Zusammenstößen kam? Oder galt das nur für Mitteleuropa? Die Kanarischen Inseln waren immerhin näher an Afrika als an Spanien. Oder waren die Fluglotsen gerade im Streik? Das waren sie ziemlich oft, erinnerte sich Midori.

Sie zuckte die Achseln. *Das Grübeln hilft nichts, Midori, du musst weiter.*

Sie wollte sich einen Überblick verschaffen, wollte sehen, ob es hier noch mehr Inseln gab, ob man Schiffe sah oder Flugzeuge. Und sie hatte wieder Appetit. *Ein paar Möweneier, das wäre jetzt genau das Richtige.* Naja, wenn sie ehrlich war, konnte sie sich noch mindestens tausend andere Dinge vorstellen, die sie lieber essen würde. Am liebsten würde sie jetzt eine Nussschnecke essen und dazu einen Cappuccino trinken. Auf keinen Fall einen Latte Macchiato, oder gar irgendetwas mit Sirup drin, sie war doch kein Hipster. In den Cappuccino würde sie einen halben Löffel Zucker geben, sodass die Süße unterhalb der cremigen Bitterkeit des Kaffees gerade zu erahnen wäre. *Aber, Midori, das Leben ist eben kein Wunschkonzert, nicht wahr?* Und immerhin waren die rohen Eier garantiert »bio« gewesen und von einem glücklichen Vogel gelegt worden.

Leider hatte Seher recht gehabt, der Aufstieg war mühsam. Wahrscheinlich war die Insel nach geologischen Maßstäben noch ganz jung, in ein paar Millionen Jahren würde die Erosion aus den steilen Zacken sanfte Hügel gemacht haben. Bis dahin müssten sich die Wanderer eben ein wenig anstrengen.

Der Bewuchs wurde spärlicher und sie sah ein Stück über sich eine steile Felswand. Da würde sie nie hochkommen, das war klar, aber vielleicht konnte sie außen herum laufen. Scharfkantige Steine lagen herum und sie fluchte, als sie auf einen trat. Zum Glück blutete die Wunde nicht. Sie musste vorsichtiger sein.

Die Sonne knallte ihr auf den nackten Rücken und sie schwitzte, aber sie wollte noch nichts von ihrem wertvollen Wasser trinken. *Bergwandern im Bikini, ich muss ja bescheuert aussehen,* dachte sie. Wie die Pauschaltouristen, die direkt vom Strand in Badesachen zum Mittagessen gingen. Wenn jetzt ein Kellner vorbeikäme, würde er die Nase rümpfen oder auf ein Schild zeigen, auf dem stand: »Bitte nickt in Badehose an die Tisch essen.« Was würde sie jetzt für ein eiskaltes San Miguel geben. Oder einen Krug mit frischem Wasser.

Als sie sich der Felswand näherte, sah sie Hunderte, nein Tausende von weißen Vögeln. *Na, wer sagt's denn, ich habe ein Vogelparadies entdeckt.* Manche der Nester lagen so tief in der Felswand, dass man sie mühelos erreichen könnte. *Die letzten hundert Jahre waren nicht viele Eierdiebe da, was?* Als Midori näher kam, flogen die Möwen auf und machten ein gewaltiges Gezeter. Sie fürchtete, das die Tiere sie angreifen könnten und blieb auf der Hut. Sie hatte gehört, dass Albatrosse manchmal Menschen attackierten und auch schon Seeleute getötet hatten, aber vielleicht war das auch Seemannsgarn. Außerdem waren das bestimmt normale Möwen, Albatrosse stellte sie sich viel größer vor. Trotzdem beschloss sie, sich zur Sicherheit nur schnell ein paar Eier zu nehmen und dann woanders aufzuessen. Sie ging zum nächsten Nest, nahm sich fünf Eier und aus dem nächsten noch fünf. Damit sie nicht herabfielen, klemmte sie sie zwischen ihr Kinn und den mit Blättern umwickelten Wasserbeutel.

Dann lief sie zurück in den Schutz der Bäume. Eine wütende Möwenschar verfolgte sie und umgab sie wie eine Wolke. Im Schatten des ersten Baums legte sie ihre Schätze ab und klatschte in die Hände: »Ksch! Ksch!« Zum Glück konnten die Möwen sie unter dem Baum nicht erreichen und mit der Zeit zogen sie zeternd ab.

Die Eier waren viel größer als die kleinen Singvogeleier und hatten beinahe die Größe von Hühnereiern. Midori lehnte sich an den Baumstamm und schlürfte ihre Eier aus. Warm, schlabbrig und mit Fleischeinlage. Angewidert verzog sie den Mund. Das, was sich da etwas hart anfühlte, war wohl der Schnabel des Vogelembryos. *Daran werde ich mich nie gewöhnen.*

Wenn ich jemals von dieser Insel komme, werde ich nie wieder Eier essen, schwor sie sich.

Für den Aufstieg nahm sie einen etwas anderen Weg, damit die wütenden Opfer ihres Eierraubs sie nicht wieder belästigen konnten. Die Felswand zog sich wie eine Krone um die Spitze des Bergs. Hier konnte man kaum hinaufsteigen. Es sei denn, man war Freeclimber. Midori hätte es versuchen können, sie war ja sehr geschickt beim Klettern, aber das Risiko war ihr zu groß. Sie dachte an Greta. *Lanzarote sehen und sterben,* dachte sie, *nein danke. Oder Fuerteventura? La Palma? Afrika? Sie hatte keine Ahnung, wo der Pilot sie hingeflogen hatte.* Jedenfalls würde sie ihr Leben nicht für eine schöne Aussicht riskieren. Immerhin hatte man auf der anderen Seite des Bergs einen guten Blick auf das Meer, zumindest auf einen kleinen Ausschnitt.

Dunkelblau lag es in der Sonne und glitzerte. Nicht weit lag eine Insel, aber sie war viel kleiner und flacher als die, auf der sie waren. *Was, wenn da auch jemand ist?* Sie kniff die Augen zusammen und strengte sich an, etwas zu sehen, bis ihr die Augen tränten, aber sie konnte nichts entdecken. *Dumme Midori,* schimpfte sie sich selbst, *wenn sie nicht gerade einen Leuchtturm gebaut haben, ist es völlig unmöglich, sie zu entdecken.* Auf der kleinen Insel stünden ihre Überlebenschancen vermutlich aber viel schlechter als hier. Sie entdeckte kein Schiff, aber das musste nichts bedeuten, sah sie doch nur einen kleinen Teil des umgebenden Meers. Am hellblauen Himmel zogen Flugzeuge ihre schnurgeraden Bahnen und hinterließen Kondensstreifen, die noch lange zu sehen waren. Da oben servierten jetzt Stewardessen Champagner und Erdnüsse, Kinder quengelten und Geschäftsleute blätterten gelangweilt im Wall Street Journal oder hämmerten auf ihren Laptops herum. Aber alle Flugzeuge flogen in großer Höhe und einem Flugzeug zu winken, das in 10.000 Metern Höhe über sie flog, hatte wohl kaum einen Sinn.

Ob ihre Eltern gekommen waren? Reiste man im Katastrophenfall an den Ort des Geschehens? Womöglich. Vielleicht saßen ihre Eltern gemeinsam mit den Eltern von Greta, Hannah und allen anderen in einem Hotel und warteten sehnsüchtig auf Nachrichten von den Suchflugzeugen. Am dritten Tag hätten sie wohl kaum noch viel Hoffnung, jemanden lebend zu finden. *Die meisten sind auch tot. Nur noch ein paar dumme, zerstrittene Mädchen klammern sich trotzig auf einer kleinen Insel an ihr bisschen Leben.*

Zumindest flogen noch Flugzeuge, also konnte sie die Sache mit dem dritten Weltkrieg schon mal abhaken. Natürlich konnte es auch eine Zombie-Apokalypse gegeben haben. Vielleicht waren in den Flugzeugen die letzten Überlebenden der Menschheit, die verzweifelt einen Flughafen zum Landen suchten, einen, der noch nicht von den Zombiehorden überrannt worden war.

In ihrem liebsten Computerspiel gab es einen Level, bei dem eine Gruppe Menschen versuchen musste, ein Flugzeug zu kapern, während sie unaufhörlich von Zombies attackiert wurden. Einmal hatte Johann, Gretas kleiner Bruder, mit ihr auf dem gleichen Server gespielt. »Gloo Jr.« hatte er sich genannt - »Kleber Junior«. Sie wusste gar nicht, wie er sie erkannt hatte. Hatte ihr Pseudonym, »Green Death« zu viel von ihrem Namen verraten? Johann war unheimlich nett gewesen und hatte sie mit seinem letzten Medkit geheilt. Dann hatte er sich den Zombies entgegengestellt, bis sich alle gerettet hatten. »Mein Held <3«, hatte Midori in den Chat geschrieben und Johann hatte »NP, Lady ;-)«, geantwortet. Kein Problem, Lady. War der Kleine etwa verliebt in sie? Das alles schien einer anderen Person in einem anderen Leben passiert zu sein.

Was sollte sie ihm jetzt in den Chat schreiben? *»Johann, hast du gerade die Zombiebraut gesehen? So ähnlich sieht deine Schwester jetzt auch aus.«* *Scheiße.* Midoris Augen wurden wieder feucht und jetzt ließ sie ihre Tränen fließen. Vor wem sollte sie sich auch schämen? *Es tut mir leid wegen deiner Schwester, Johann. Wenn du etwas brauchst, bin ich für dich da. Ich schwöre, dass ich für dich da bin.*

Zu ihrer Überraschung stellte sie fest, dass ihre Gedanken immer wieder um ihre Klassenkameraden kreisten. Sie wollte wissen, wie es den anderen ging. *Ich werde nicht zulassen, dass noch jemand stirbt. Es reicht. Hörst du, Gott? Du hast dich mit der Falschen angelegt.* In einer biblischen Geschichte würde jetzt ein Blitz vom Himmel fahren oder sie würde mit Malaria oder Krätze oder was auch immer geschlagen. Und ihre Familie oder ihr ganzes Volk gleich noch mit dazu. So ein Schwachsinn. Nur, wie konnte sie die Mädchen beschützen, wenn alle sie hassten? Oder *verachteten*, was wahrscheinlich noch schlimmer war.

Sie blieb noch eine Weile sitzen und betrachtete das Meer. Sie hatte das Meer immer geliebt und war sicher, dass sie später an einem Ort wohnen wollte, wo sie das Meer sehen konnte. Das würde sie immer beruhigen. *So wie jetzt, Midori? Vielleicht treiben ja sogar noch die Leichen einiger Klassenkameraden in deinem geliebten Meer.*

Als der Himmel begann, sich golden zu verfärben und die Farbe des Ozeans sich von einem leuchtenden Hellblau in ein tiefes Ultramarin verdunkelte, stand sie seufzend auf und machte sich an den Abstieg. Sie wollte sich etwas Geschütztes für die Nacht suchen. Midori war sich ziemlich sicher, dass es auf der Insel keine gefährlichen Tiere gab, also ging es bei »Schutz« vor allem um Kälte und Wetter. Sie ging wieder in den duftenden Wald und sammelte trockenes Moos. Sie suchte eine kleine Kuhle und legte das Moos hinein. Vorher schüttelte sie es, weil sie ihr Bett nicht mit irgendwelchen Insekten teilen wollte. Oder noch schlimmerem, wie Spinnen oder Hundert- und Tausendfüßlern. Voller Ekel zog sie die Mundwinkel nach unten. Auf Okinawa war einmal ein Tausendfüßler in ihrem Hotelzimmer gewesen, der so groß war wie ihr Unterarm. Zumindest war er in ihrer Erinnerung so groß gewesen. Midori schüttelte sich, als sie daran dachte. Sie hatte mindestens zehn Mal mit dem Schuh auf das Vieh hauen müssen, bis es endlich tot war.

Vor dem Schlafengehen wollte sie einen Schluck aus ihrem Wasserbehälter nehmen. Sie wickelte feierlich das T-Shirt aus den Blättern und machte erst einmal ein langes Gesicht. Der Stoff war nicht so nass, wie sie gehofft hatte. Trotzdem saugte sie ein wenig daran. Auch diese Erfindung war noch verbesserungswürdig.

Naja, wenn sie sich weiter von Eiern ernährte, würde sie nicht viel Wasser brauchen, die enthielten ja schon jede Menge Flüssigkeit.

Das Moosbett sah weich und gemütlich aus, aber als sie darin lag, kratzte es sie überall. Immer wieder bildete sie sich ein, dass ein Insekt über sie krabbelte, und einmal sprang sie sogar in Panik auf. Aber es war nur das trockene, stachlige Moos.

Midori setzte sich auf eine Bank am Rand des Pausenhofs und packte ihr Pausenbrot aus. Die Pausen waren am schlimmsten. Sie versteckte sich beinahe und vermied jeden Blickkontakt mit ihren Klassenkameradinnen, um ihnen keinen Anlass zum Spott zu geben. Lustlos biss sie in das Vollkornbrot, das mit einer Scheibe Emmentaler belegt war.

Frau Timm, die Sportlehrerin, ging vorüber. »Midori, du kommst doch zum Turnier nächste Woche?«

Midori nickte und rang sich ein Lächeln ab. Das Fußballturnier hatte sie ganz vergessen. Die Fußballmannschaft ihres Jahrgangs würde gegen andere Schulen antreten.

»Ich rechne fest mit dir«, sagte Frau Timm und beugte sich verschwörerisch zu Midori herunter. »Ich sage das sonst nicht, aber ohne dich haben wir keine Chance.«

Midori versuchte noch einmal zu lächeln, obwohl ihr zum Heulen zumute war. Sie krächzte etwas, das man mit viel Fantasie als

»Danke« verstehen konnte. Frau Timm klopfte ihr auf die Schulter und ging dann zum Glück weiter.

Nach der Sache mit dem Wasser in ihrem Rucksack hatte sich Paula auf Midoris Platz gesetzt und Midori musste sich ganz nach vorne setzen. So konnte sie sich zumindest mit dem Unterricht ablenken und manchmal gelang es ihr, das ganze Schlamassel zu vergessen.

Chiaras Clique nutzte Paula aus, wo es ging, sie ließen sich von ihr die Taschen tragen oder Cola aus dem Automaten holen. Paula schien das aber nicht zu stören, sie war froh, endlich dazuzugehören. Midori wusste nicht, wen sie mehr hassen sollte; Chiara und Co, weil sie Paula wie einen Fußabtreter behandelten, oder Paula, weil sie es sich gefallen ließ.

Die meiste Zeit war sie aber damit beschäftigt, ihren alten Freundinnen aus dem Weg zu gehen, damit sie nicht selbst wie ein Fußabtreter behandelt würde. Denn es gab eine neue Außenseiterin: Midori.

Im Unterricht war das nicht so schlimm, aber wenn man in der Pause ganz allein blieb, konnte man sich schon sehr einsam fühlen. Zum Glück waren ihre Tage an dieser Schule gezählt. Ihr Vater hatte eine neue Stelle und nach den Osterferien würden sie nach München ziehen. Warum nicht.

Noch drei Wochen Hölle. Sie hoffte nur, dass es in der neuen Schule besser werden würde. *Dumme Midori, hoffen genügt nicht. Du musst dafür sorgen. Was du brauchst, ist ein Plan.*

TAG 4

Am nächsten Morgen wachte sie auf, weil es sie überall juckte. Außerdem fror sie. Ihr Moosbett würde wohl kein Verkaufsschlager werden. Für Nachhaltigkeit und Umweltfreundlichkeit gäbe es bestimmt eine Top-Note, aber das Jucken und die mangelnden Wärmeeigenschaften würden zu einer drastischen Abwertung führen. Sie stieg aus ihrem Lager und rubbelte sich erst einmal sorgfältig die Haut ab. Überall hingen kleine, spitze Flechten und Blätter und kratzten sie.

Ein erfrischendes Bad im Meer oder ein leckeres Frühstücksei, Mylady? Obwohl sie lieber ein Bad genommen hätte, entschied sie sich für die Eier. Das Meer war weit weg und die Möwenkolonie war ganz in der Nähe. Wenn sie genau hinhörte, vernahm sie schon ihr Schreien.

Und nicht nur das. Da war noch etwas. Midori hielt inne und lauschte. Ein Brummen, ganz tief und kaum wahrnehmbar. Einen Augenblick war sie sich unsicher, ob sie es wirklich hörte oder ob sie es sich nur einbildete. Doch, es war da. Und es wurde lauter. Ein Boot? Ein Flugzeug? Wenn sie doch nur die Signalpistole hätte. Was würde Katharina tun? Sicher nicht einen Schuss abgeben, oder? Vielleicht würde es den anderen gelingen, ihr angesichts der möglichen Rettung die Pistole wegzunehmen. Oder Katharina käme doch noch zu Sinnen. *Sie muss doch auch nach Hause wollen!*

So rasch, wie das Geräusch an Intensität zunahm, konnte es sich nur um ein Flugzeug handeln. Womöglich gelänge es ihr, den Piloten durch Winken auf sich aufmerksam machen.

Mit der Hand? Oder mit meinem schwarzen Bikini-Oberteil oder dem schwarzen, zerknüllten T-Shirt? Fuck. Hätte ich doch etwas knalligeres angezogen.

Scheißegal. Sie rannte los, rannte zwischen den Bäumen hindurch, den Hügel hoch. Immer wieder sah sie nach oben, doch wenn die Sicht nicht gerade von Bäumen versperrt war, blendete die Sonne sie nur. Sie stolperte über Wurzeln und Äste und rappelte sich augenblicklich wieder auf. Ein Schatten verdunkelte den Himmel. Das Flugzeug flog beinahe direkt über sie hinweg. Obwohl das Geräusch der Propeller ohrenbetäubend war, blieb sie stehen und schrie aus Leibeskräften. In einem Augenblick war das Flugzeug weg. Ob jemand sie gesehen hatte? *Natürlich, Midori. Sie werden Lassie mit dem Fallschirm abwerfen und die rettet uns dann alle.*

Sie lief weiter, aber jetzt in einem Dauerlauf. Sie konnte einfach nicht mehr. Außerdem erschien es fahrlässig, ein gebrochenes Bein zu riskieren für die verschwindend geringe Chance, dass sie gesehen würde.

Als sie den Waldrand erreichte, verschwand das Flugzeug gerade hinter den Bäumen. Sie erkannte gerade noch, dass es eine dunkle zweimotorige Maschine war. *Militär? Waren das unsere Retter oder einfach nur ein Zufall?*

Völlig erschöpft legte sie sich auf den Boden. Sie starrte in den blauen Himmel und rechnete damit, dass sie weinen würde, aber da kam nichts. *Wahrscheinlich bin ich innerlich schon gestorben. Ich weine nicht, ich lache nicht, oder zumindest nicht echt. Welchen Unterschied macht es schon, ob ich lebe oder tot bin?*

Lange blieb sie liegen und starrte in den Himmel. Als ihr Schweiß längst getrocknet war, erhob sie sich. *Wo waren wir stehen geblieben? Ach ja. Beim Fressen. Fressen und Saufen – was unterscheidet uns von den anderen Tieren hier?*

Sie hob prüfend ihr in Blätter eingewickeltes T-Shirt hoch. *Verdammt leicht.* Midori widerstand dem Drang, einen Schluck Wasser daraus zu saugen. Nach den Eiern würde sie keinen Durst mehr haben. *Weil mir dann schlecht ist,* fügte sie in Gedanken hinzu.

Schreiend und in die Hände klatschend rannte sie auf die Felswand zu, in der die Möwen brüteten. Der Lärm nahm drastisch zu, als sich kreischend eine wirbelnde Wolke aus weißen und grauen Flügeln, Schnäbeln und Krallen erhob. Zielstrebig schnappte sich Midori ein paar Eier und klemmte sie wieder zwischen ihre Brust und den Wasserbehälter.

Ich bin eure Nemesis, grinste sie. *Die armen Viecher werden noch Albträume kriegen wegen mir.* Sie musste sich eingestehen, dass ihr die Eierjagd Spaß machte. *Vielleicht war ich in einem früheren Leben ja ein Jäger und Sammler.*

Und gerade hatte sie noch eine Idee. Sie erinnerte sich, wie sie bei nächtlichen Wanderungen zuhause manchmal schlafende Vögel im Gebüsch aufgeschreckt hatte. Vielleicht Amseln oder Meisen. Die hatten jedes Mal ein wahnsinniges Gezeter gemacht, und waren ungeschickt auf den Ästen herumgehüpft, bis sie sich wieder beruhigt hatten. Es musste doch möglich sein, bei Dunkelheit eine schlafende Möwe zu schnappen. Wenn die Nacht nur richtig dunkel war. Sie musste natürlich vorsichtig sein, denn die Tiere hatten scharfe Krallen und kräftige Schnäbel. Sie konnte eigentlich von Glück sagen, dass sie beim Eierdiebstahl noch nicht angegriffen worden war. *Vermutlich haben sie einfach nicht Hitchcocks »Die Vögel« gesehen, sonst wären sie schon einmal darauf gekommen, dass sie sich auch wehren können.*

Sie nahm das nächste Ei zur Hand und schlürfte es gekonnt aus. *Midori, du kommst hier schon zurecht,* dachte sie. *Ich bin anscheinend eine geborene Jägerin. Vielleicht werde ich ja erst in fünfzig Jahren gefunden. Eine zahnlose Alte mit verfilztem grauen Haar, die kreischend über die Insel rennt und rohe Eier schlürft. Ich werde einen Umhang aus Vogelfedern tragen und eine mumifizierte Möwe auf dem Kopf haben, die ich Sieglinde nenne und mit der ich Zwiegespräche halte.*

Sie grinste, dann wurde sie wieder ernst. Sie war ja nicht allein auf der Insel. Die Mädchen waren auch noch da. Und sie hatte keine Lust, wieder Leichen zu finden. Darum beschloss sie, die Mädchen von nun an zu beschützen. Vielleicht konnte sie sich anschleichen und zumindest herausfinden, wie es ihnen ging.

Sie wollte gleich zu ihnen gehen. Gleich, nachdem sie gebadet hatte.

So stieg Midori wieder zum Strand hinab. Sie genoss die Wanderung durch den schattigen, duftenden Lorbeerwald mit seinem Vogelzwitschern und zirpenden Grillen.

Sie hatte wohl einen etwas anderen Weg genommen, denn sie kam durch ein steiniges Tal mit schwarz-grauen Felsen. Zwischen den Felsen war es so heiß wie in einem Backofen und Midori leckte sich den Schweiß von der Oberlippe. Sie erinnerte sich, dass sie einmal in Japan mit ihren Eltern einen Vulkan besichtigt hatten und der Führer in einer heißen Felsspalte ein Ei in einer Pfanne gebraten hatte. *Schade, dass ich keine Eier mehr habe – ich wette, hier müsste ich sie auch nur ein paar Minuten auf die Felsen legen und hätte bald wunderbare gekochte Eier.*

Sie atmete auf, als sie das Höllental, wie sie es genannt hatte, verließ und den Schatten des kleinen Walds erreichte, der am Rand des Strands wuchs. Erschöpft setzte sie sich erst einmal auf den Boden und verschnaufte. Sie wunderte sich ein wenig über ihre schlechte Kondition. *Ich werde doch nicht krank werden? Alles, nur das nicht. Vielleicht waren die letzten Tage doch ein wenig viel für mich. Ich muss vorsichtig sein.*

Sie hielt die Hand an ihre Stirn. *Was soll denn das bringen? Midori, du wärst die erste Person, die mit der Hand an der eigenen Stirn feststellen kann, ob sie Fieber hat.*

Nach ein paar Minuten Rast fühlte sie sich besser. Plötzlich hörte sie ein Geräusch. Irgendetwas näherte sich. Sie versuchte die Richtung auszumachen, aus der der Lärm kam. Jemand kam aus Richtung Strand, stolperte durch das Dickicht beinahe direkt auf sie zu. Midori hatte gute Sicht, ohne dass sie selbst leicht gesehen werden konnte.

»Scheiße.« Hannah blieb stehen und hüpfte auf einem Fuß. Wütend klopfte sie einen spitzen Stein von ihrer Fußsohle. Sie schien allein zu sein.

Midori freute sich, Hannah zu sehen und kam aus ihrem Versteck. »Hallo, Hannah«, begrüßte sie sie strahlend.

»Midori!«, auch Hannah schien erfreut zu sein. »Wir haben gedacht, du bist tot.«

»So leicht bin ich nicht umzubringen.«

Hannah betrachtete sie von oben bis unten. Midori wurde bewusst, dass sie von Staub bedeckt war und nur einen Bikini trug. »Warum … warum bist du nackt?«, fragte Hannah vorsichtig, ganz so, als fürchte sie, Midori könnte wahnsinnig geworden sein.

Midori musste lachen, widerstand aber dem Reflex, Hannah noch mehr »Wahnsinn« vorzuspielen. Stattdessen tat sie beleidigt. »Ich bin doch nicht nackt. Dieser sportlich-elegante Bikini hat immerhin 19,95 bei H&M gekostet.« Sie warf sich in Pose, indem sie ihre Brust herausstreckte und die Lippen zum Schmollmund schürzte.

Jetzt lachte auch Hannah. »Midori, du bist wirklich cool.« Das hatte Nina immer gesagt. »Ich habe Nina gehasst, wenn sie das gesagt hat. Aber sie hatte recht: Du *bist* cool.«

Sie spricht in der Vergangenheitsform von Nina. Das ist gut. Wir müssen den Tatsachen ins Auge sehen: Außer uns sind alle tot.

Midori schüttelte ernst den Kopf. »Ich bin nicht cool. Ich war auch nie cool.« Dann sah sie Hannah an. »Wie geht es dir? Wo sind die anderen?«

Hannah verdrehte die Augen und holte tief Luft. »Es war die Hölle. Katharina war stinksauer, dass du dich ihrer Kontrolle entzogen hast. Sie hat sich eine neue Fotze gesucht. Rate mal, wer das war.«

»Oje, etwa du?«

»Hundert Punkte. Zum Glück ist ihr das erst nach dem Frühstück eingefallen. Seitdem habe ich nichts mehr gegessen und getrunken, abgesehen von ein paar Tropfen, die ich während des Regens mit dem Mund aufgefangen habe. Und heute Morgen bin ich weggelaufen. Gleich nach dem Flugzeug«, schloss sie ihre Erzählung.

Ach ja, das Flugzeug. Das hatte ich ganz verdrängt.

»Katharina hat uns in die Felsspalte getrieben und gedroht, jede zu erschießen, die auch nur ihre Nasenspitze zeigt.«

»Es hätte euch wahrscheinlich sowieso nicht bemerkt. Ich bin mir gar nicht sicher, ob es ein Suchflugzeug war.«

»Ich war drauf und dran, einfach rauszurennen. Gerettet oder ein schneller Tod – alles besser als ein Dasein als Katharinas Fußabtreter. Ich war dann doch zu feige. Ich habe mich einfach nicht getraut.«

»Das hast du ganz richtig gemacht.« Midori boxte ihr sanft auf die Schulter. »Willkommen im Club.« Sie gab ihr das in Blätter eingewickelte T-Shirt. »Du kannst daran saugen. Da sollten noch ein paar Schluck drin sein.«

»Wasser … Regenwasser«, erklärte sie, als Hannah sie fragend ansah.

Zögernd nahm Hannah einen Stoffzipfel und begann, daran zu nuckeln. Dabei lächelte sie Midori an und zwinkerte ihr zu.

»Warst du mal bei den Pfadfindern oder so?«

Midori schüttelte den Kopf. »Die Insel ist nicht so übel. Ich fühle mich schon richtig wohl hier.« Das entsprach genau der Wahrheit. »Es gibt ein glühend heißes, schwarzes Tal, wie in der Hölle. Es gibt einen verwunschenen, duftenden Wald, es gibt schroffe Felsen und von oben hat man einen unglaublichen Blick. Zumindest in eine Richtung.«

»Du spinnst.«

Midori machte ein übertrieben zorniges Gesicht. »Hey, und was war mit ›cool‹?«

Beide lachten, dann wurde Hannah ernst. »Ich habe immer noch Durst.« Sie zeigte auf das T-Shirt, das völlig zerknittert war. »So toll ist die Erfindung vielleicht doch nicht. Und ich habe Hunger.«

»Tut mir leid, mehr habe ich leider auch nicht.« Sie untersuchte das T-Shirt. Sie forderte Hannah auf, ihren Mund zu öffnen und wrang den Rest heraus. Viel war es nicht. Hannah fing die letzten Tropfen mit der Zunge auf.

Midori strich sich über die staubige Haut. »Ich gehe kurz ins Wasser, ja? Ich habe heute Nacht im Moos geschlafen.«

Kopfschüttelnd blieb Hannah am Strand zurück, während Midori ins Wasser ging. Erhitzt wie sie war, fühlte sich das Meer eisig kalt an und es kostete Überwindung, hineinzugehen. Schwärme kleiner Fische umkreisten ihre Beine. *Ob es uns gelingen könnte, Fisch zu fangen? Oder Krebse? Muscheln?*

Midori schwamm ein paar Meter am Ufer hin und her, dann kam sie wieder heraus. »Brrr, das tut gut. Solltest du auch versuchen.«

Hannah starrte abwesend vor sich hin.

»Gehen wir zurück«, schlug Midori vor, »Ich möchte mit Katharina reden.«

»Was?« Hannah sah sie an, als müsse sie sich verhört haben.

»Wir brauchen die Quelle. Und wir brauchen die Sigpi.« Als sie Hannahs verständnislosen Blick bemerkte, erklärte sie: »Die *Signalpistole*. Mein Vater erzählt manchmal eine Geschichte aus seiner Bundeswehrzeit, in der eine Signalpistole vorkommt. Ich habe nie verstanden, worum es da geht und warum das lustig sein soll, aber ich weiß, was eine Sigpi ist. Oder eine Grapi.« Hannah sah sie immer noch völlig verwirrt an. »Eine Granatpistole. Aber wovon rede ich da überhaupt?«

Sie kratzte sich am Kopf. »Wir müssen Hilfe holen. Wenn das nicht klappt, ist die Sigpi vielleicht die einzige Möglichkeit, Feuer zu machen. Ohne Feuer werden wir nicht lange überleben.«

»Mit Katharina kannst du nicht reden. Und eines sage ich dir: Ich werde nicht wieder die Fotze machen.« *Du hast mich auch Fotze genannt,* dachte Midori finster und sah Hannah von der Seite an. *Hast du das schon vergessen?*

»Das musst du nicht. Wenn Katharina nicht mit sich reden lässt, dann melde ich mich freiwillig.«

Ungläubig zog Hannah die Augenbrauen hoch. »Midori, du … das würdest du tun?« *Das würde ich tun? Was mache ich du denn da für Versprechungen?*

Midori ließ sich die Unsicherheit nicht anmerken. »Hannah, ich weiß, dass du mich für ein Arschloch hältst.«

Hannah schüttelte den Kopf und öffnete den Mund, um zu widersprechen.

Midori hob abwehrend die Arme. »Und du hast recht. Ich war wirklich ein ziemliches Arschloch. Auch dir gegenüber. Besonders dir gegenüber. Ich will mich aber ändern, du wirst schon sehen.« Sie nahm ihr T-Shirt, zögerte kurz und zog es dann an. Sie strich über den zerknitterten Stoff. »Du hast nicht zufällig ein Bügeleisen dabei?« Sie lächelte Hannah an und zuckte die Achseln. »Dachte ich mir. Gehen wir.«

Katharina sprang auf und griff zu ihrer Pistole, als sie Hannah und Midori sah. Midori streckte beide Arme in die Höhe. »Wir kommen in friedlicher Absicht.«

»Sieh an, die beiden Fotzen sind da. Hast du Hunger bekommen, Schlitzauge? Ich fürchte, ich habe meine Scheiße irgendwo im Sand vergraben, aber für dich mache ich mich gerne mal auf die Suche. Ach nein, du wirst sie selbst suchen.«

Midori versuchte, zu lächeln. »Katharina, können wir uns mal unterhalten?«

»Ich wüsste nicht, worüber, Fotze.«

Midori holte tief Luft. Das Gespräch lief nicht so, wie sie es erhofft hatte. »Wir müssen zusammenhalten, sonst schaffen wir es nicht, Katharina. Wir unterhalten uns nur kurz … dann bin ich von mir aus wieder die Fotze.«

Katharina sagte nichts, sie schien nachzudenken und Midori schöpfte Hoffnung. »Du willst wohl unbedingt die Fotze sein, was? Damit habe ich, ehrlich gesagt, nicht gerechnet.« Sie sah enttäuscht aus. »So macht das doch keinen Spaß. Aber, keine Sorge, dann müssen wir eben umdisponieren. Ab sofort …«, sie wandte sich Hannah zu, »… ist Hannah wieder die Fotze!«

Entsetzt riss Hannah die Augen auf und sah zwischen Midori und Katharina hin und her. »Oh nein!«, schrie sie.

»Oh, doch«, sagte Katharina ruhig. »Es sei denn, du erklärst mir, wie du mich davon abhalten willst.« Siegessicher sah sie ihr Opfer an.

Hannah biss die Zähne zusammen. Schweiß stand auf ihrer Stirn.

»Katharina, lass uns doch erst einmal reden …«, begann Midori, doch plötzlich passierte vieles gleichzeitig. Hannah stieß einen Schrei aus und schnellte vor, auf Katharina zu. Die wich zurück und riss ihre Waffe hoch. Vanessa trat einen Schritt vor, sie versuchte, die Streithähne irgendwie zu trennen. Dann fiel ein Schuss. Er war nicht besonders laut, es klang wirklich eher wie der Knall einer Schreckschusspistole, wie Kinder sie hatten, die sich zu Fasching als Cow- boys verkleideten.

Noch oft dachte Midori später an dieses Ereig- nis. Alles war so völlig schief gelaufen. Es war dumm gewesen, einfach ins Lager zu laufen und an Katharinas Vernunft zu appellieren. Es war noch dümmer, einfach stehen zu bleiben und die Ereignisse wie ein Außenstehender zu betrachten. In ihrer Erinnerung lief alles ab wie in einem dieser Albträume, in denen man sich nicht bewegen und nur zusehen kann. Aber sie hätte sich bewegen können. Sie war einfach zu feige.

Vanessa war nicht feige gewesen. Sie stand stocksteif da und betrachtete ihren Bauch. Etwas steckte darin, fing auf einmal an zu leuchten, ein glühend rotes Feuer, so hell, dass es in den Augen schmerzte. Vanessa schlug erschrocken auf ihren Bauch. Sie schrie, als sie sich die Hand verbrannte und das leuchtende Geschoss auf den Boden fiel. Fasziniert beobachteten die Mädchen, wie es sich rasend schnell im Kreis drehte. Es rauchte alles voll und bald mussten sie husten. Midori sah im Augenwinkel, wie Vanessa zusammenbrach und konnte sie gerade noch auffangen und vorsichtig zu Boden gleiten lassen. Etwas qualmte auf Vanessas Bauch.

Katharina stand da, die rote Plastikpistole in den zitternden Händen. Dann wandte sie sich schnell um, bückte sich und kramte in ihrer Tasche. Sie suchte wohl Munition. Seher erkannte ihre Absicht und trat hinter sie. Mit beiden Fäusten holte sie aus und schlug Katharina in den Nacken. Katharina stöhnte, ihre Beine gaben nach und sie fiel flach auf den Boden. Dabei ließ sie die Signalpistole los. Seher nahm die Waffe schnell in die Hand.

Midori legte Vanessa flach auf den Boden und stand wieder auf. Noch immer war alles voller Rauch, ihre Augen tränten und sie hatte Probleme, sich zu orientieren, aber schließlich fand sie, was sie suchte. Sie nahm eine Wasserflasche und lief wieder zu Vanessa. Dann öffnete sie den Deckel und schüttete den Inhalt vorsichtig über Vanessas Bauch. Vanessas Bluse hörte auf zu qualmen. Ihre Augen waren geschlossen.

Midori versuchte sie anzusprechen, strich ihr über die dunkelblonden Haare. »Vanessa? Vanessa?«, sagte sie mit rauer Stimme. Da, sie öffnete die Augen.

»Mann, Vanessa, jag uns doch nicht so einen Schrecken ein.« Midori strahlte sie an.

Vanessa lächelte schwach zurück. Sie versuchte, sich aufzusetzen, aber plötzlich verzog sie schmerzvoll ihr Gesicht. Verwirrt tastete sie zu ihrer Wunde im Bauch.

»Besser nicht anfassen«, sanft zog Midori Vanessas Hand weg. »Wir wollen nicht, dass es sich entzündet.« Durch ein kreisrundes Loch in Vanessas nasser Bluse sah man einen großen, rußgeschwärzten Fleck Haut. *Scheiße, ist das Ruß oder verbrannte Haut? Welche Organe sind da drunter?*

Midori machte sich große Sorgen. »Nur eine Brandwunde. Ich hatte das auch einmal, als ich testen wollte, wo bei einer Wunderkerze die Sterne herkommen.« Vanessa lächelte. *Da ist nichts. ›Bauchschuss‹ ist in jedem Film etwas Harmloses. Und die Wunde kann ja nicht tief sein.*

Midori zeigte auf die Wasserflasche, die sie gerade auf Vanessas Wunde gekippt hatte. »Hannah, hol doch bitte Salzwasser. Wir müssen die Wunde gut kühlen. Und Salzwasser hat desinfizierende Wirkung.« Zumindest hoffte Midori das. Sie hatte das Gefühl, etwas tun zu müssen. Irgendetwas.

Aber Hannah dachte gar nicht daran, sich zur Befehlsempfängerin degradieren zu lassen. »Sieh an, unsere Chefin ist wieder da. Herabgestiegen vom Himmel, um uns zu retten. War übrigens eine tolle Idee, mit Katharina zu reden.« Verwirrt sah Midori auf.

Seher steckte schweigend die Pistole in ihre Hose, nahm die leere Flasche und ging zum Ufer. Hannah sah ihr grimmig hinterher.

»Du bist nicht mehr unsere Chefin, Midori. Hier kannst du uns nicht herumkommandieren. Auf deine Sprüche fällt keiner mehr rein. Und deine guten Noten und dein süßes Lächeln nützen dir hier auch nichts.«

»Hannah, ich will wirklich nicht …« *Verdammt, komme ich aus dieser Sache denn nie raus?*

»Du kannst mich mal, Midori. Du hast nur deswegen angeboten, zurückzugehen, weil du wusstest, dass Katharina *mich* zur Fotze machen will. Und ich dachte, du hättest dich geändert.« Sie spuckte auf den Boden.

»So war es nicht! Bitte, Hannah, wir sollten versuchen, zusammenzuhalten …«

»Warum klingt das aus deinem Mund nur so komisch? Du hast dich doch in deinem ganzen Leben noch nie für jemand anderen interessiert.«

Seher kam mit der Wasserflasche zurück und Midori tröpfelte kaltes Wasser auf Vanessas Brandwunde. »Tut das gut?«

»Hmja. Aber mein Bauch fühlt sich heiß an.« Midori legte ihre Hand auf Vanessas Stirn. *Verdammt, deine Stirn auch,* dachte sie.

»Du hast wahrscheinlich eine Verbrennung. Das kann schmerzhaft sein. Aber wir werden es ständig kühlen, dann tut es bald nicht mehr weh.« *Vielen Dank für diese scharfsinnige Diagnose, Doktor,* dachte Midori.

»Ist gut. So schlimm ist es nicht.«

»Nein, es ist nur eine oberflächliche Verbrennung. Morgen geht es dir wieder gut.« *Und was ist unter der verbrannten Oberfläche, Doktor Klugscheißer?*

Hannah wandte sich plötzlich Katharina zu, die wie ein Häufchen Elend auf dem Boden saß. »Wie konntest du nur schießen? Du bist wirklich das Allerletzte. Dafür kommst du in den Knast, das ist ja wohl klar.«

»Hannah, bitte, das nützt jetzt niemandem etwas«, versuchte Midori sie zu beruhigen.

»Naja, dein Alter kann dir ja erzählen, wie es im Knast ist, oder? In deiner Familie scheint das ja Tradition zu haben.«

Midori wusste nicht, dass Katharinas Vater im Gefängnis gewesen war. *Klar, wenn man sich nicht für andere interessiert, erfährt man eben nichts.* »Das spielt doch jetzt keine Rolle, Hannah.«

Doch Hannah kümmerte sich gar nicht um sie und hackte weiter auf Katharina ein. Sie war aufgestanden und zu ihr gegangen. »Weißt du, wer hier die Fotze ist? Das bist ganz allein du. Fotze, Fotze, Fotze!« Sie sprang um Katharina herum, die immer mehr in sich zusammensank und sich die Ohren zuhielt.

»Bitte, Hannah. Es ist nicht so schlimm«, sagte Vanessa mit schwacher Stimme. Ihre Meinung schien mehr Gewicht zu haben, denn Hannah schielte unsicher zu der Verletzten, dann ließ sie von Katharina ab.

Sie machten es Vanessa so bequem wie möglich. Sie schloss die Augen und schwitzte stark, aber jetzt fühlte sich ihre Stirn kalt an. Seher, die sonst meist Abstand hielt, beugte sich zu Vanessa herab und legte eine Hand auf Vanessas Stirn. Als Hannah nicht zusah, warf sie Midori einen langen Blick zu und Midori verstand, was sie sagen wollte.

Sehers Klassenkameraden wussten nicht viel über sie. Beinahe das einzige war, dass sie drei kleine Geschwister hatte, um die sie sich oft kümmerte. Kein Wunder, dass sie keine Zeit hatte, sich mit Gleichaltrigen zu treffen. Immer wieder traf man sie in der Stadt mit ein paar Rotznasen im Schlepptau. Sicher hatte sie Erfahrungen mit allen Arten von Krankheiten und Verletzungen.

Midori nahm Seher beiseite. »Ist … ist es schlimm?«

Seher nickte stumm.

»*Wie* schlimm?«

»Ich weiß nicht, wie schwer sie verletzt ist, aber ich denke, sie sollte bald in ein Krankenhaus … so schnell es geht.«

Midori nickte. »Das schaffen wir. Wir haben ja jetzt die Sigpi. Wir werden Hilfe holen.« Sie wandte sich an Katharina. »Katharina, wie viel Schuss haben wir noch?«

»Warum redest du mit der überhaupt?«, schäumte Hannah. »Ach, ich vergaß: Pack schlägt sich, Pack verträgt sich. Ihr zwei seid vom gleichen Schlag. Ich sage: Wir jagen Katharina zum Teufel. Soll sie sehen, wie sie zurechtkommt.«

»Wir helfen jetzt zusammen, nicht wahr, Katharina?« Aufmunternd sah sie Katharina an.

Katharina antwortete nicht, aber sie wühlte mit zusammengebissenen Zähnen in der beigegrünen Stofftasche und warf Midori eine aufgerissene Papierpackung hin. Die Packung war feucht. Hoffentlich machte das den Patronen nichts aus.

»Danke.« Midori warf einen Blick hinein. »Drei Schuss, na bitte.«

Seher gab Midori die Signalpistole. Midori nahm die verbrauchte Patrone heraus und legte eine neue ein. »Die sind bestimmt schon in der Nähe, was glaubt ihr, wie schnell die kommen, wenn sie ein Notsignal sehen.« Sie spannte die Waffe und zielte mit gestrecktem Arm senkrecht nach oben. Midori schloss die Augen und betätigte den Abzug. Es klickte, sie rechnete mit einem Knall und einem Rückstoß, aber nichts geschah. Sie spannte noch einmal und drückte ab.

»Vielleicht ist die Patrone nass geworden.« Sie nahm die Patrone aus dem Lauf und legte sie auf einen Stein. Sie bemerkte, dass ihre Hände zitterten. »Das macht überhaupt nichts. Wir haben ja noch zwei Schuss.« Unsicher lächelte sie die Mädchen an, aber die Einzige, die ihr Lächeln erwiderte, war Vanessa.

Midori nahm die nächste Patrone heraus und setzte sie in das Rohr. Sie wandte sich von den anderen ab, spannte den Hahn und drückte den Abzug. Wieder geschah nichts. »Scheiße! So eine verdammte, verfickte Scheiße!«, schrie sie und stampfte mit dem Fuß auf.

Sie klappte die Pistole wieder auf und steckte mit zitternden Händen die letzte Patrone in den kurzen, dicken Lauf. Sie wagte nicht, die anderen anzusehen. *Bitte, bitte, lass mich nicht im Stich. Für Vanessa. Wenn es hier jemand verdient hat zu überleben, dann Vanessa. Bitte, bitte, bitte.* Mit Tränen in den Augen stand sie am Strand und hielt die Waffe hoch über ihren Kopf. Langsam krümmte sie ihren Zeigefinger.

Ein Knall! Die Kugel flog steil nach oben, leuchtete nach wenigen Metern strahlend rot und hinterließ einen Rauchschweif. Midori liefen die Tränen über die Wangen und sie begann zu lachen. Ihr war, als habe sie nie etwas Schöneres gesehen als diese Leuchtkugel.

Am Scheitelpunkt schien sie in der Luft stehen zu bleiben, dann fiel sie nach unten. Sie verlosch, bevor sie ins Meer fiel.

Das *musste* einfach jemand gesehen haben. An einem klaren Tag wie diesem konnte man die Leuchtkugel gewiss viele Kilometer weit sehen. Nur, wie viele Kilometer waren genug? Aber sie waren ja immer noch auf den Kanaren, die nächste bewohnte Insel musste in der Nähe sein. Oder? Und es gab hier jede Menge Schiffe. Kreuzfahrtschiffe, Frachtschiffe, Sportboote. Und irgendwo waren sicher auch die Suchtrupps, die das verschwundene Flugzeug suchten. Klar, so war es. Warum hatte sie dann diese verdammten Zweifel? *Weil du eine alte Schwarzseherin bist.*

Strahlend wandte sie sich um. »Das sollte genügen.« Hannah sah sie hoffnungsvoll an. Katharina saß auf dem Boden und hatte ihren Kopf zwischen ihre Beine geklemmt. Seher wandte sich ab. Vanessa war eingeschlafen. *Ob sie überhaupt wieder aufwacht? Natürlich,* schimpfte Midori sich. *An so einer Verletzung stirbt man nicht so schnell. Seher hat ja selbst gesagt, dass sie nicht weiß, wie schwer Vanessa verletzt ist. Und eine Ärztin ist sie auch nicht. Na also.*

Midori legte die beiden verbliebenen Patronen auf einen warmen Felsen, um sie in der Sonne zu trocknen. Sie überlegte, wie sie Vanessa warmhalten konnten. Sie riss von einer kleinen

Palme ein paar große, fächerähnliche Blätter ab und breitete sie über Vanessa. Vielleicht würden die ja die Kälte der Nacht ein wenig abhalten.

»Wir sollten uns stärken. Was habt ihr denn noch zu essen?« Neugierig stöberte Midori in der Kiste. Nach all den rohen Eiern hatte sie Lust, mal wieder etwas Richtiges zu essen. Die Ausbeute ließ allerdings zu wünschen übrig. Ein paar Packungen Kekse, gesalzene Erdnüsse und eingepacktes Brot.

Midori warf jedem Mädchen ein Päckchen hin. Katharina ließ ihres vor sich liegen. Es war Abend geworden und die Sonne ging in einem Feuerwerk von Rot- und Orangetönen unter – schöner als in jedem Urlaubsprospekt. *Nur die sterbende Vanessa stört die Stimmung ein wenig. Unsinn, sie stirbt doch nicht.*

Schweigend aßen die Mädchen. Alle vermieden, zu Vanessa zu sehen. Immer wieder wanderten ihre Blicke zum Meer; von dort musste die Rettung kommen.

»Sie haben es nicht gesehen«, stellte Katharina fest.

»Halt's Maul, Ratte«, geiferte Hannah wutentbrannt.

166

Midori wollte etwas sagen, aber ihr fiel beim besten Willen nicht ein, was. Denn vermutlich traf zu, was Katharina gesagt hatte: Ihre Retter waren so weit weg, dass sie den Hilferuf nicht gesehen hatten.

»Wir versuchen es ein anderes Mal.«

Aber wir haben keine Zeit. Verdammt, ich kann doch nicht einfach hier herumsitzen, während Vanessa ... während es ihr so schlecht geht. Da hatte sie eine Idee. »Ich organisiere etwas zu essen. Macht euch keine Sorgen.« Midori nahm noch einen großen Schluck aus der Flasche und machte sich daran, zu verschwinden.

»Ich mache mir keine Sorgen um dich«, sagte Hannah zweideutig. Midori beschloss, es positiv zu interpretieren und machte einen Kussmund und ein Schmatzgeräusch in ihre Richtung. Hannah verdrehte genervt die Augen.

»Du solltest nachts nicht mehr herumspazieren. Es ist gefährlich.« Seher hatte natürlich recht. Aber wen interessierte es schon, wer recht hatte? Sie legte den Zeigefinger ihrer rechten Hand in ihre linke Faust und zeigte mit dem anderen Zeigefinger nach oben. Seher sah sie nur verständnislos an. *Ach Seher, die Ninja-Geste kennst du auch nicht? Ich verschwinde, verstehst du? Na, egal.*

»Ich organisiere uns Frühstück. Holt schon mal die guten Eierbecher aus dem Schrank.«

»Wenn du dich partout nicht abhalten lässt … dann wünsche ich dir viel Glück.«

»Danke, Seher.« *Hey, die wird ja richtig nett.*

Der Berg war leicht zu finden, deutlich hob sich der schwarze Schatten vom immer noch hellen Abendhimmel ab. *Trotzdem war das eine Schnapsidee, Midori.* Irgendwann musste sie die Arme vor sich ausstrecken, wenn sie verhindern wollte, dass sie ständig gegen Äste und Zweige lief.

Sie kam durch den duftenden Wald. *Ich möchte Vanessa hierher bringen*, dachte sie. *Dies ist ein magischer Ort. In einem verdammten Disney-Film würde sie in dem Wald geheilt werden.*

Midori biss die Zähne zusammen. *Was Vanessa braucht, ist kein magischer Wald und auch kein Frühstücksei, sondern ein Arzt. Was machst du wirklich hier? Läufst du weg? Schon wieder?*

Der Weg war weiter als sie ihn in Erinnerung hatte, und es mochte schon Mitternacht sein, als sie die Hochfläche erreichte, an deren Ende die

Felswand aufragte. Damit ihre Silhouette nicht gegen den Himmel sichtbar war, ging sie auf allen vieren weiter. Auch im schwachen Licht erkannte sie deutlich die weißen Möwen vor der dunklen Felswand; viele saßen auf Nestern. Sie schliefen, vereinzelt bewegten sich Köpfe oder Flügel. Midori wollte diesmal viele Eier sammeln, also zog sie ihr T-Shirt aus, um es als Tasche zu benutzen. Sie verknotete eine Seite und prüfte zufrieden ihren Beutel.

Was sollte sie jetzt tun? Sollte sie versuchen, einen Vogel zu erbeuten? Sie tastete nach einem Stein. Nach kurzer Suche hatte sie einen gefunden, der gut in der Hand lag, nicht zu groß und nicht zu klein. Damit schlich sie zum nächsten Nest. Die Möwe schien fest zu schlafen. Sie umklammerte den Stein fest mit der Faust und holte aus. Sie zögerte. *Denk an Vanessa. Das Fleisch wird ihr gut tun.*

Sie schlug zu, erwischte den Vogel an der Schulter. Die Möwe schrie und schlug mit den Flügeln. Midori bekam eine Schwinge ins Gesicht und musste sie mit der anderen Hand abwehren. Wieder schlug sie zu und traf das Tier am Flügelansatz. Der Flügel hing schlapp herunter und die Möwe hüpfte ebenso verzweifelt wie ziellos herum, versuchte zu entkommen, während um sie herum die ganze Kolonie zu kreischendem Leben erwachte. Die Möwe hackte mit dem Schnabel in alle Richtungen. Sie schien wirklich fast nichts zu sehen, dennoch musste Midori aufpassen, dass sie sie nicht erwischte. Sie schlug nochmals zu, endlich traf sie den Kopf und zerquetschte ihn mit dem Stein an der Felswand. Die Möwe zuckte noch einmal, dann sank sie leblos auf ihr Nest. Midori warf sie auf den Boden und plünderte ihre Eier, dann räumte sie noch ein paar benachbarte Nester leer. Vorsichtig legte sie alles in ihr T-Shirt. Das Geschrei der Vögel war ohrenbetäubend und Midori beschloss, sich aus dem Staub zu machen. Vorsichtig nahm sie den Beutel in die eine und die tote Möwe in die andere Hand.

Todmüde erreichte sie das Lager. Sie hatte sich auf dem Rückweg ein wenig verlaufen und musste ein ganzes Stück am Strand entlanggehen, bis sie die Mädchen fand.

Sie legte ihre Beute auf den Boden und sich selbst daneben. Sekunden später hatte der Schlaf sie übermannt.

MINUS 3 JAHRE

Pünktlich stand Midori vor der Tür zum Sekretariat. Sie klopfte dreimal an. Energisch. Durchdacht. Als von drinnen »herein« gerufen wurde, öffnete sie die Tür und trat ein.

Eine grauhaarige Frau in einer gestreiften Bluse musterte sie durch ihre goldgeränderte Brille. »Ah, du musst das neue Mädchen sein ...«

»Midori Jordan. Guten Tag.«

»Ich wusste nicht, dass du ...«

»Meine Mutter ist Japanerin. Mein Vater ist aber Deutscher und ich bin hier aufgewachsen. Also«, fügte sie lächelnd hinzu »›hier in Deutschland‹, nicht: ›hier in München.‹«

»Ach so, das ... ja. Aha.« Die Sekretärin lächelte abwesend. Sie hob verschiedene Blätterstapel hoch und blickte darunter, schien irgendetwas zu suchen.

Midori holte eine Mappe aus ihrem Rucksack und zog ein Papier heraus. »10 Uhr 30 bei Herrn Bauer, Klasse 10 b. Raum 1.034«, las sie vor und reichte der Sekretärin das Blatt.

Die lehnte sich zurück. »Oh, vielen Dank. Dann wollen wir mal los. Ich zeige dir deine neue Klasse.«

Umständlich schloss die Sekretärin die Tür des Sekretariats ab und führte Midori durch das leere Schulhaus. Aus den Zimmern drangen die typischen Geräusche von Schule, predigende Lehrer, schreiende Kinder, Kreidequietschen auf der Tafel. »Du musst wirklich keine Angst haben. Herr Bauer ist ein sehr netter Lehrer.«

»Ich habe keine Angst, Frau Petri«, antwortete Midori, die kurz vor dem Eintreten noch einen Blick auf das Türschild des Sekretariats geworfen hatte.

Frau Petri schien einen Augenblick verunsichert. »Das ist gut. Du hast dich hier bestimmt in Null-Komma-Nix eingelebt.«

»Danke, das hoffe ich auch, Frau Petri.«

Ihre Führerin machte plötzlich Halt und klopfte an eine Tür. ›1.034‹ las Midori auf dem Türschild, darunter stand auf einem ausgedruckten Etikett ›Klasse 10b‹. Die beiden betraten das Klassenzimmer.

»Ah!« Ein Mann stand vom Lehrerpult auf. Das musste Herr Bauer sein, der Klassenlehrer. Er zeigte auf den Platz vor der Tafel. »Bleib doch noch kurz hier.« Mit einem Kopfnicken verabschiedete sich die Sekretärin.

»Danke, Frau Petri«, sagte Midori und verbeugte sich leicht zu ihr hin, bevor sie die Tür schloss.

Midori stellte sich vor die Tafel. Sie hatte lange überlegt, was sie anziehen sollte. Jeans und T-Shirt? Bluse und Stoffhose? Ein Sommerkleid? Konservativ, sexy oder unauffällig? Sie hatte sich dann für ein enges schwarzes T-Shirt entschieden, das sie in Japan gekauft hatte, als sie im vorigen Jahr ihre japanischen Großeltern besucht hatten. Bei genauem Hinsehen erkannte man, dass das T-Shirt nicht ganz einfarbig war. Ein dunkelgraues Schriftzeichen bedeckte die Vorderseite. Es war das Zeichen für Tod - eines von gerade mal hundert Zeichen, das auch Midori kannte, die sich mit Kanji immer schwergetan hatte. Dazu trug sie eine schwarze Jeans, die nur an den Oberschenkeln und am Hintern kunstvoll ausgebleicht war.

24 Augenpaare waren auf Midori gerichtet. Mit betont gelangweiltem Blick musterte Midori die Klasse. Analysierte sie. *Ich kenne euch, Kinder.*

»Ich möchte euch eure neue Mitschülerin vorstellen«, sagte der Lehrer und warf einen Blick
auf seinen Notizblock. »Midori Jordan.« Er
lächelte sie auffordernd an, als erwartete er,
dass sie etwas sagte.

Aber Midori dachte gar nicht daran. *Denkste,
mach du dich doch hier zum Deppen.* Ohne zu
lächeln, sah sie ihn mit großen Augen an. Dann
runzelte sie auffordernd die Stirn, nur ein klein
wenig, als wolle sie sagen: »Und was kommt
jetzt?«

»Äh, ich habe das doch richtig ausgesprochen,
oder?« *Schon unsicher? Oje.*

»Ja, ganz richtig, Herr Bauer.« Der Lehrer sah
sie an, vielleicht eine halbe Sekunde zu lang.
Midori lächelte ihn an, aber nur ganz leicht.
*Jetzt fragst du dich, was sie dir hier ins Nest gelegt
haben, was? Stille, kleine Asiatin oder freches
Früchtchen. Keine Angst, wenn du mich in Ruhe
lässt, werde ich dich auch in Ruhe lassen.*

»Na schön. Ich habe mir gedacht, wir setzen
dich zu Katharina, da ist noch ein Platz frei.«
Midori taxierte das unauffällige, braunhaarige
Mädchen in der vorletzten Reihe, das hektisch
die Sachen wegräumte, die auf dem Platz neben
ihr lagen. Dabei fielen ein paar Stifte hinunter

und sie bückte sich mit einem leichten Stöhnen. *Na klar, setz mich zu der größten Loserin. Wo soll denn auch sonst ein Platz frei sein? Aber da bleibe ich nicht lange. Oh nein, mein Herr.*

»Was in drei Teufels Namen ... ist ... *das*?« Hannah stand bewegungslos vor der toten Möwe und starrte sie an. Midori war gerade erst erwacht und blinzelte schlaftrunken in die Sonne. Alle Knochen taten ihr weh und sie war völlig steif gefroren.

»Hannah, guten Morgen.« Midori rieb sich die Augen und gähnte. Sie sah die tote Möwe an. Man musste zugeben, dass der Kadaver nicht besonders schön aussah, die Möwe lag in einer seltsamen Verrenkung im Sand und war über und über mit Blut beschmiert. Ihr Kopf war zerschmettert und war nur noch über ein paar dünne Sehnen mit dem Rumpf verbunden.

»Was hast du mit dem armen Tier gemacht, Midori?«

Nun war Midori beleidigt. »Hannah, ist dir klar, dass wir nur noch ein paar Packungen Kekse und trockenes Brot haben? Wenn die alle sind, was wollen wir dann essen?«

»Ja, aber du hättest sie nicht so quälen müssen.«

Midori erinnerte sich an den Kampf mit der Möwe. Mit dem edlen Waidwerk hatte das wenig zu tun gehabt. »Mein Bolzenschussgerät hat geklemmt und außerdem wollte ich der Möwe eine faire Chance geben …«

Seher unterbrach sie. »Das hast du gut gemacht, Midori. Und was ist in dem T-Shirt?« *Hey, was war denn das? Ein Lob von Seher. Das muss das siebte Zeichen sein. Womöglich steht der Weltuntergang unmittelbar bevor.*

Midori lächelte, holte eines der Eier heraus und präsentierte es stolz. »Tadaaa! Unsere Frühstückseier.« Sie klaubte die Eier aus ihrem T-Shirt und schichtete sie sorgfältig auf. Dann zog sie das T-Shirt wieder an.

Seher sah sie ernst an und sagte nochmals: »Das hast du *gut* gemacht. Wirklich.«

»Danke, Seher. Wie du siehst, habe ich sogar versucht, die Möwe zu schächten, aber das Vieh …«

Seher sah sie ruhig mit ihren großen, schwarzen Augen an. »Es muss dir nicht peinlich sein, wenn ich dich lobe, Midori.«

Es kam nicht oft vor, dass Midori nicht wusste, was sie sagen sollte. Sie schluckte und grinste schief.

»Na sowas, Midori ist sprachlos.« Hannah klopfte Seher anerkennend auf die Schulter. »Dass ich das noch erleben darf.«

Midori wurde ernst. »Wie geht's Vanessa?« Vanessa lag immer noch genau so da wie am Vorabend. Zumindest schien es Midori so.

»Sie hat die ganze Nacht tief und fest geschlafen«, antwortete Hannah.

»Aber, sie …« Midori wagte es nicht, das Unaussprechliche zu sagen. Katharina, die die ganze Zeit vor sich hin brütete, sah auf und betrachtete die anderen mit ausdruckslosem Gesicht.

»Sie *schläft*. Ich habe mich gerade davon überzeugt«, sagte Seher ruhig. *Natürlich, Midori. Sie schläft sich gesund.*

»Wollen wir versuchen, sie zu wecken?«

»Ja, … aber räum vorher deine … Jagdbeute ein wenig zur Seite. Wollen wir das eigentlich roh essen?«, fragte Hannah. Dabei zeigte sie mit angewidertem Gesichtsausdruck auf die tote Möwe.

»Ich dachte, wir sollten uns ein Feuer machen.«

»Ein Feuer? Und wie?«

»Naja, wir wissen ja, dass die Signalraketen brennen. Wenn die Munition funktioniert. Dazu müssen wir natürlich eine Patrone benutzen.«

»Ja, machen wir das. Wir haben dann ja immer noch eine übrig«, pflichtete Seher ihr bei. »Wenn wir Feuer haben, können wir ja auch Signale geben.«

Hannah wirkte wenig überzeugt. »Rauchzeichen? Ich finde, wir sollten die Leuchtkugeln lieber sparen. Was ist, wenn ausgerechnet die letzte Patrone wieder nicht funktioniert?«

»Willst du den Vogel roh essen?«, fragte Seher.

Hannah presste den Mund zusammen und sagte nichts mehr. Midori wollte sie nicht so stehen lassen und klopfte ihr kameradschaftlich auf die Schulter. »Suchen wir Brennholz.«

Es war nicht schwer, genügend Holz zu finden, am Strand fand sich Treibholz und im Gebüsch am Rand des Strands gab es trockene Zweige und Äste in Mengen.

Sie schichteten unter einem Felsvorsprung einen Haufen auf, unten die Zweige und Blätter, oben darauf die etwas größeren Äste. Ganz oben ein paar besonders dicke.

Seher lud die Signalpistole und feuerte aus nächster Nähe in den Haufen. Offensichtlich war die Patrone inzwischen getrocknet, die Kugel schoss aus der Pistole und zuckte dann glühend und rauchend in dem Haufen hin und her. Zum Glück blieb sie aber darin. Als das bengalische Feuer verlosch, rauchte es immer noch stark.

Behutsam pustete Seher hinein und die Mädchen nährten das Feuer mit kleinen Ästen und trockenem Moos. Nach wenigen Minuten hatten sie ein gemütliches Lagerfeuer.

»Das Feuer darf nie ausgehen«, stellte Midori fest.

»Häuptling Tote Möwe hat gesprochen«, witzelte Hannah.

»Hugh.« Midori grinste. *Ganz schön schlechter Witz, aber schön, dass du wieder bessere Laune hast.*

Midori setzte sich im Schneidersitz auf den Boden, nahm die Möwe auf ihren Schoß und begann, ihr die Federn auszurupfen. Das Rupfen war viel mühsamer, als sie es sich vorgestellt hatte, man brauchte richtig Kraft in den Fingern.

Aber schließlich hatte sie einen schlaffen, beinahe nackten Vogelbalg in der Hand. Offensichtlich hatte das Tier hauptsächlich aus Federn bestanden, denn gerupft sah es ziemlich klein aus.

»Jetzt müssen wir sie ausnehmen, oder? Hat das jemand schon mal gemacht?«, fragte Midori. Seher schüttelte den Kopf.

»Ich fasse das Ding nicht an«, erklärte Hannah und verzog angewidert den Mund.

Seufzend nahm Midori eines der Messer aus einem Fertigmenü und säbelte am Bauch der Möwe herum. Das Messer war zwar aus Metall, aber völlig stumpf und es dauerte ewig, bis Midori auch nur die Haut durchtrennt hatte. *Ich frage mich, ob es vor 9/11 in Flugzeugen scharfe Messer gegeben hat. Wenn ich das meinen Vater frage, wird er mir einen zweistündigen Vortrag halten über all die Dinge, die seiner Meinung nach schief gelaufen sind in den letzten 20 Jahren. Und wenn ich meine Frage wiederhole, wird er sagen, »Darauf komme ich schon noch. Sei nicht immer so ungeduldig.«* Sie musste grinsen. *Nerviger Papa. Ach, wenn du nur hier wärst. Ich glaube, ich vermisse inzwischen sogar deine schlechten Witze.*

Nach scheinbar endlosem Hin- und Hersäbeln hatte sie die Bauchdecke geöffnet. In dem Schlitz glänzten undefinierbare, rote und bräunliche Formen. Waren das die Eingeweide? Sie verzog den Mund. Aber was war das denn für ein Geruch? »Puh, das stinkt.« *Sie wedelte mit der Hand vor der Nase herum.* »Und was jetzt?«

»Am besten alles raus.« Seher setzte sich neben Midori und griff mit zwei Fingern in den Bauch der Möwe. Vorsichtig zogen sie die Gedärme heraus und warfen sie in die Flammen. Zur Sicherheit wusch Midori den Vogel noch im Meerwasser ab. Dann spießten sie ihn auf einen dicken Ast und hielten ihn über das Feuer. Zum Glück hatte der Ast eine schöne Spitze, in Zukunft würden sie aber ein richtiges Messer brauchen. Midori nahm sich vor, das stumpfe Flugzeugmesser an einem Stein zu schleifen. Oder war es aus Sicherheitsgründen schleif-resistent?

Seher bastelte aus einer Aluschale und einem Stock eine Pfanne und schlug ein paar Eier hinein. Hannah schluckte, als sie sah, dass das

Innere der Eier blutig war, aber mittlerweile roch es bereits so lecker nach Grillhähnchen, dass sie sich ihren Kommentar verkniff.

»Ich glaube, mir ist in meinem Leben noch nie so das Wasser im Mund zusammengelaufen.« Hannah hielt den Vogel über die Flammen, immer wieder musste sie ihn umdrehen, damit die schlaff herunterhängenden Flügelstummel nicht verbrannten. Die Krallen waren bereits schwarz, aber die konnte man sowieso nicht essen, oder?

Midori ging zu Vanessa und berührte sie leicht am Arm. »Vanessa? Schau mal, was es heute zum Frühstück gibt.« Vanessa reagierte nicht. Midori fasste sie etwas stärker am Arm an.

Vanessa schlug die Augen auf. Alle sahen sie neugierig an. Hannah winkte ihr mit einer Hand zu, während sie den Vogel mit der anderen Hand herumdrehte. Vanessa blickte Midori an. »Holger? Wenn du nicht die Spülmaschine ausräumst, wird Mama sauer sein. Dann darfst du nicht zum Fußball.«

Midori strich ihr über die Stirn. *Verdammt heiß. Kein Wunder, dass sie etwas verwirrt ist.* Demonstrativ schnupperte sie in die Luft. »Riechst du

das? Hmmm … Lecker! Das ist unser Frühstück.«

»Wenn Mia nicht geht, habe ich auch keine
Lust. Nur mit den Hühnern zusammen, nein
danke.«

Midori wandte sich an Seher: »Sind die Eier
fertig, Seher? Möchtest du Ei, Vanessa?« Seher
brachte ihre behelfsmäßige Pfanne mit den
Eiern. Sie setzte sich hin und legte Vanessas
Kopf auf ihren Schoß. Dann nahm sie mit einem
kleinen Löffel etwas Ei und pustete, um es
abzukühlen. »Mund auf!« Gehorsam öffnete
Vanessa den Mund und Seher schob ihr das
Essen hinein. Vanessa kaute mechanisch,
schluckte und öffnete dann wieder den Mund.
Lächelnd schob Seher noch einen Löffel hinein.

»Sie isst. Das ist gut. Ein gutes Zeichen«, sagte
Midori und nickte, als ob sie ihrer Aussage
Nachdruck verleihen wollte. *Und warum ist das
ein gutes Zeichen, Frau Doktor? Du hast doch keine
Ahnung.* Sie warf vorsichtig einen Blick auf
Vanessas Verletzung am Bauch. Sie war immer
noch schwarz und schien irgendwie zu glän-
zen. *Ist das etwa Blut? Oder Ruß? Oder glänzt verbrannte Haut so?*

Seher flößte Vanessa ein paar Schluck Wasser aus der Flasche ein. Die ließ es sich gefallen. Dann stellte sie die Pfanne auf den Boden. »Das Buffet ist eröffnet, Kinder.«

Midori begann zu essen. »Komm, Katharina. Iss doch auch«, sagte sie und klopfte auf den Boden neben sich.

Zögernd kam Katharina näher. Es duftete einfach zu lecker, da konnte niemand widerstehen. Midori reichte ihr einen Löffel. Schweigend aßen beide. Seher zog völlig in Gedanken versunken Linien in den Sand, während Vanessas Kopf auf ihrem Schoß lag.

»Das Hauptgericht ist auch bald fertig, denke ich.« Prüfend besah sich Hannah die Möwe von allen Seiten. Sie war jetzt knusprig braun. Behutsam legte sie den Vogel in eine weitere Aluschale und zog den Spieß heraus.

Plötzlich rief Seher: »Vanessa? Vanessa?« Erschrocken sahen alle zu Vanessa. Vanessas Augen waren glasig, ihr Mund stand offen und man sah noch etwas halb gekautes Rührei darin.

Midori eilte zu ihr. »Vanessa? Was ist denn? Brauchst du etwas?« Sie ging ganz nah an Vanessa heran und sah ihr direkt in die Augen.

»Mia?«, flüsterte Vanessa, beinahe ohne den Mund zu bewegen. Etwas von dem Rührei fiel heraus. Midori schluckte. Sie hatte einen dicken Kloß im Hals. Vanessa durfte nicht sterben. Sie hatte geschworen, dass sie sich um die Mädchen kümmert. Es durfte einfach niemand mehr sterben. *Wenn du jetzt stirbst, bin ich stinksauer auf dich, hörst du?*

»Ich bin da, Vanessa. Wir sind alle da«, sagte sie beruhigend. Doch Vanessa antwortete nicht. Sie würde nie wieder antworten. Ihr Blick war starr.

Midori weinte. Seher, auf deren Schoß Vanessas Kopf lag, strich ihr zärtlich über den Kopf. Hannah und Katharina beobachteten die Szene, starr vor Entsetzen. Ihre Klassenkameradin, die stille Vanessa aus der zweiten Reihe, war soeben vor ihren Augen gestorben. An einer Bauchverletzung, hervorgerufen durch den Schuss einer Signalpistole. Und sie hatten absolut nichts dagegen tun können.

Wortlos sprang Katharina auf und rannte davon.

»Katharina, bleib hier«, rief Midori ihr hinterher. »Du kannst nichts dafür.«

»Interessante Theorie,« sagte Hannah kalt. »Lass sie. Die kommt schon wieder. Spätestens, wenn sie Durst hat.« Sanft, beinahe zärtlich, legte Seher Vanessas Kopf auf den Boden. Midori war gerührt von Sehers liebevoller Art. *Seher, ich glaube, du bist eine unglaublich gute große Schwester.*

Ein paar Minuten saßen sie schweigend da, die einzigen Geräusche waren das Knacken des Feuers und das Rauschen der Wellen. Sie wussten einfach nicht, was sie tun sollten. Es gab ja keinen Arzt, der den Tod feststellen konnte, keinen Pfarrer, der ein Gebet sprechen konnte.

»Vanessa wird davon nicht mehr lebendig, dass wir nichts essen«, meinte Seher. *Bei mir oder Hannah hätte das gierig geklungen, bei dir wirkt es einfach nur vernünftig.* Nach einigem Zögern fingen die drei an, die Möwe zu essen.

Das Fleisch war zart und würzig und besaß viel mehr Geschmack als die Hähnchen, die sie aus dem Supermarkt kannten.

»Das ist unglaublich lecker. Ich wünschte …«, begann Midori. Sie schämte sich, dass es ihr so gut schmeckte.

»Vanessa hat immer gewollt, dass wir zusammenhalten«, stellte Seher fest.

Hannah schluckte und sah Midori ernst an. »Es tut mir leid, wenn ich gemein zu dir war, Midori.«

Die winkte ab. »Schon gut. Ich habe es nicht anders verdient.«

Danach stand sie auf und rief auf gut Glück in die Richtung, in die Katharina gerannt war: »Katharina! Komm zurück! Es war ein Unfall!«

»Es war kein Unfall, es war Mord. Und du solltest das am besten wissen«, warf Hannah ein. »Verdammt, sie wollte dich Scheiße fressen lassen. Hast du das vergessen?«

Du hast mich auch Fotze genannt, Hannah. Das habe ich nicht vergessen. Aber vergeben. »Das spielt jetzt keine Rolle mehr. Wir müssen zusammenhalten.«

Seher sah Hannah an. »Ich verstehe dich, aber Midori hat recht. Wenn wir nicht zusammenhelfen, kommen wir nie von hier weg. Und ich muss nach Hause.«

»Vermisst du deine Eltern?«, fragte Hannah mitfühlend.

»Meine Geschwister brauchen mich.« *Wow, wenn hier jemand cool ist, dann ist das ja wohl Seher,* dachte Midori.

»Okay, dann überlegen wir doch mal. Was zum Geier kann da passiert sein, dass uns nach fünf fucking Tagen immer noch keiner hier gefunden hat?« Midori sah in die Runde.

»Es ist eben ein großes Gebiet ...«, überlegte Hannah.

»Vielleicht ... suchen sie in der falschen Gegend«, warf Seher ein und irgendetwas daran, wie sie es sagte, ließ Midori aufhorchen.

»Seher ...«, begann sie, »versteh mich nicht falsch, aber wir waren alle ein wenig überrascht, dass du auch den Flug mitmachst.«

»Dachtest du, ich bleibe lieber mit den Jungs im Hotel zum Komasaufen?« *Seher wird noch richtig schlagfertig,* dachte Midori, *ich werde mich warm anziehen müssen.*

»Nun … ich möchte dir nicht zu nahe treten, aber der Flug war nicht ganz billig …« Alle wussten, dass Sehers Eltern nicht unbedingt die Spitzenverdiener der Klasse waren. Sehers Vater arbeitete auf dem Bau und ihre Mutter ging putzen. Zumindest, so weit sie das wussten.

Während Seher sprach, sah sie zu Boden. »Ein Stipendium. Ich habe ein Stipendium von der Deutsch-Türkischen Fördergesellschaft und die haben mir das finanziert. Die Gesellschaft unterstützt besonders begabte türkischstämmige Schüler und Schülerinnen.« Das klang total einleuchtend. Und auswendig gelernt. *Was ist los, Seher,* dachte Midori.

»Die Deutsch-Türkische Fördergesellschaft, hm?« Sie sah Seher an. *Warum sponsern die Seher denn ihre Kollegstufenfahrt? Sollten die ihr nicht eher ein Studium finanzieren oder etwa in der Art?*

Seher blickte auf und für einen Sekundenbruchteil glaubte Midori Unsicherheit in ihrem Blick zu sehen, dann war sie wieder ganz souverän. »Ja, genau.«

Hannah war zufrieden. »Verstehe.«

Seher sah Midori immer noch an. »Ach so, alles klar«, antwortete Midori leichthin. *Diese schwar-*

zen Augen, dachte Midori, *welche Geheimnisse ruhen in ihren Tiefen? Was hast du in diesen schwarzen Brunnen versenkt?* »Alle wussten, wohin unser Flugzeug unterwegs war, die Suchmannschaften müssen doch eigentlich nur den Weg absuchen, oder?«, fragte sie und lauerte auf eine Antwort von Seher.

»Vielleicht ist der Pilot ja ganz falsch geflogen. Du hast doch gesagt, dass er betrunken war, nicht wahr, Hannah?«

»Das hat Vanessa gesagt.« Betreten blickten alle zu Vanessa, die immer noch genau so dalag, wie sie die ganze Nacht gelegen hatte.

»Hm … immerhin hat er die Maschine hochgebracht. Und beim Einsteigen hat er mit Nina geflirtet. Er hat Durchsagen gemacht und herumgewitzelt. Und dann ist er plötzlich ganz falsch geflogen?«

»Kann doch sein«, sagte Hannah. »Wie war denn das mit dieser indonesischen Maschine, die verschwunden ist?«

»Malaysische«, korrigierte Midori automatisch. »Was mit der passiert ist, das weiß bis heute niemand. Obwohl, mein Vater hat eine Theorie dazu und sie hat mit Edward Snowden und dem amerikanischen Geheimdienst zu tun.

Jedenfalls ist die Maschine so weit vom Kurs abgekommen, dass sie bis heute nichts gefunden haben.« *Das geht eigentlich nur, wenn der Pilot absichtlich falsch fliegt ...*

»Wie dem auch sei.« Sie lächelte Seher und Hannah an. »Vielleicht sollten wir etwas mehr auf uns aufmerksam machen. Selbst wenn jetzt ein Flugzeug über uns fliegt, würde es nicht einmal bemerken, dass wir da sind und Hilfe brauchen. Wie wäre es, wenn wir HELP oder so etwas in den Sand schreiben?«

Der Vorschlag wurde gutgeheißen und den Rest des Tages waren die Mädchen damit beschäftigt, an einem der breiteren Sandstrände den Schriftzug HELP mit Ästen und Steinen zu legen. Die Aktivität tat den Mädchen gut, so lange sie etwas zu tun hatten, konnten sie nicht so viel nachdenken.

Als sie müde zum Lager zurückkehrten, bestand Midori darauf, dass sie Vanessa woanders hintrugen. Sie sagte es nicht, aber sie wollte vermeiden, dass sich nachts Krabben über die Leiche hermachten. Bei dem Gedanken, wie Mia inzwischen aussehen musste, lief ihr ein Schauer über den Rücken.

Sie überlegten, ob die Vanessas Leiche ins Meer werfen sollten, entschieden sich aber dagegen. Sie schleppten sie an einen anderen Strand und deckten sie mit Sand und Ästen zu. Danach standen sie bei Vanessa.

Midori hatte das Gefühl, etwas sagen zu müssen. *Du hast es am allerwenigsten verdient, hier zu liegen,* dachte sie. *Ich kann mich jetzt nicht einfach umdrehen und gehen.* Sie legte die Hände ineinander und sprach: »Vanessa, ich habe immer gedacht, dass du eine Streberin bist. Ich habe gedacht, dass du langweilig bist und doof. Ich ... ich glaube, dass du ein guter Mensch warst. Wenn es einen Gott gibt, kann er mich mal, dann ist er ein Arschloch.« Sie wandte sich an Seher. »Sorry, das schließt Allah mit ein.« Sie wollte noch etwas sagen, aber plötzlich kamen ihr die Tränen. Seher schüttelte missbilligend den Kopf. Midori schämte sich für das, was sie gesagt hatte, es war dumm gewesen. So dumm. *Es tut mir leid, Vanessa. Das alles ist zu viel für mich.*

Sie drehte sich um und rannte weg. Verwirrt blieben die anderen beiden noch einen Moment stehen, dann gingen sie auch.

Im Lager wartete Katharina, sie saß zusammen-
gekauert neben dem Feuer. Sie hatte die Reste
der Eier gegessen und sich um das Feuer
gekümmert.

Midori hatte sich wieder unter Kontrolle, aber
sie ärgerte sich immer noch über ihre Rede.
*Midori, du bist eine blöde Kuh, aber du hattest es
gut gemeint.*

»Schön, dass du wieder da bist«, sagte sie.
Katharina sah nicht auf und auch die beiden
anderen Mädchen sagten nichts, als sie wenig
später eintrafen. *Immerhin springen sie sich auch
nicht an die Gurgel. Obwohl das natürlich noch
kommen kann.* Sie warf einen Blick auf den
Himmel, der im Osten bereits eine dunkel-vio-
lette Färbung zeigte. *Aber wohl nicht mehr heute.
Wieder einen Tag überlebt.*

Midori war gerade dabei, in das Reich der
Träume hinüber zu gleiten, als sie unsanft in die
Realität zurückgerissen wurde. Jemand stolperte mitten in ihr Lager und machte dabei ein
gewaltiges Getöse. *Haben wir Vanessa etwa lebendig begraben,* überlegte sie im Halbschlaf.

»Nina?! Nina!«, rief Hannah. Tatsächlich, das
war Nina. Sie stand mitten zwischen ihnen und
sah mit funkelnden Augen in das Feuer.

Hannah sprang auf und umarmte sie, doch die schien sie gar nicht zu bemerken.

»Nina? Wo zum Henker kommst du her?« Ninas Gesicht war schmal geworden und ihre Designerkleidung hing in Fetzen herunter, doch es war unverkennbar Nina.

Seher schien gar nicht überrascht; sie stand auf und gab Nina eine volle Wasserflasche. Gierig trank sie daraus. Midori bedauerte, dass sie kein Fleisch und keine Eier mehr hatten, und holte eine Packung Kekse. Nina schlang die Kekse beinahe unzerkaut herunter.

»Nun mal langsam, sonst wird dir noch schlecht«, mahnte Seher.

Sie schafften es, dass Nina sich setzte. Doch sie starrte immer nur ins Feuer und schien durch ihre Klassenkameradinnen hindurchzusehen. »Vielleicht steht sie unter Schock«, überlegte Hannah. Schließlich legte sich Nina hin und die anderen taten es ihr gleich. Morgen war ja auch noch ein Tag.

MINUS 3 JAHRE

Midori sprach kein Wort, lächelte Katharina nur dünn an, als die ihr beflissen erklärte, welche Hefte und Bücher sie brauchte und was für Stunden sie an dem Tag noch hätten. *Wie nennen sie dich hier? Die fette Katharina? Nur keine Bindung aufbauen, ich bin bald wieder weg.*

Endlich begann die Pause. Midori blieb sitzen, dann holte sie ihre Bento-Box aus dem Rucksack. Ihre Mutter hatte sich gewundert, dass Midori plötzlich wieder die alte Box benutzen wollte, die sie nicht mehr angerührt hatte, seit sie nach der 4. Klasse von der japanischen Samstagsschule abgegangen war. Noch überraschter war ihre Mutter, als Midori sie bat, ihr für die Pause Reisbälle mitzugeben. Aber natürlich hatte sie ihr welche gemacht und sich gefreut – wie immer, wenn Midori Interesse an japanischer Kultur zeigte. Oder an japanischem Essen, aber das war ja ein und dasselbe.

Midori packte einen Reisball aus, klatschte nach japanischer Art leise in die Hände um sich bei Gott für das Essen zu bedanken, dann biss sie hinein. Sie spürte neugierige Blicke, doch sie ließ sie zappeln. Ganz ruhig saß sie da und aß ihren Reisball, Bissen für Bissen. *Zen*, dachte sie, *ich bin eine Insel in einem steinernen Zengarten. Nichts kann mich erschüttern.*

»Du …«, begann eine Stimme hinter ihr.

Midori legte den angebissenen Reisball vorsichtig in ihre Bento-Box zurück und drehte sich um. Hinter ihr stand ein ausgesprochen hübsches, blondes Mädchen. *Du bist Nina.* »Hai?«, fragte sie, dann tat sie so, als verbessere sie sich: »Ja?«

»Äh, was isst du denn da?«

»Onigiri«, antwortete Midori.

Das Mädchen nickte, beinahe ehrfürchtig, als hätte Midori etwas sehr Bedeutungsvolles gesagt. Midori tat, als wolle sie sich wieder umdrehen und hätte sich dann plötzlich eines anderen besonnen. »Möchtest du?« Sie bot ihr den anderen Reisball an.

Vorsichtig nahm Nina den Reisball und biss hinein. »Schmeckt gut.«

»Natürlich, sind von Okasan.« Midori nannte ihre Mutter eigentlich nur vor den japanischen

Großeltern so, ansonsten sagte sie selbst in Japan Mama.

»Aha.« Nina kaute andachtsvoll an einem Bissen Onigiri.

Midori wandte sich zu ihr und schenkte ihr ein strahlendes Lächeln. »Ich heiße Midori, aber das dürften ja alle mitgekriegt haben.«

Nina lächelte. »Ich bin Nina.« *Weiß ich doch längst. Du bist verknallt in einen Typen namens Tom, machst Ballett und stehst auf Coldplay. Und du bist aktives Mitglied in der Facebook-Gruppe ›Anime und Manga Daisuki‹. Mein Angriffspunkt. Was wäre ich ohne Facebook.*

»Wenn Hannah mit mir Platz tauscht, können wir nebeneinander sitzen. Ich frag sie mal, das geht bestimmt.«

»Arigato. Das würde ich sehr gerne.« *Na, das lässt sich doch ganz gut an,* dachte Midori zufrieden.

TAG 6

Kaum war Hannah wach, da kroch sie schon zu Nina und begann, auf sie einzureden. Midori war zum ersten Mal, seit sie auf der Insel war, nicht völlig erfroren und verspannt erwacht, entweder hatte das Feuer sie gewärmt oder sie gewöhnte sich allmählich an die Kälte.

Alle setzten sich um Nina und versuchten, etwas aus ihr herauszubringen. »Es muss noch irgendwo Wasser geben«, stellte Seher nüchtern fest. »Sonst hätte sie nicht überlebt.«

Midori nahm direkt vor Nina Platz. »Nina. Du bist hier in Sicherheit. Wir wollen nur wissen, wo du warst. Bist du auf der Insel herumgeirrt?«

Nina sah sie an, als verstünde sie.

»Gut. Warst du im Wald? Der Wald ist schön, nicht wahr?« Meerblaue Augen sahen sie an. Verstand sie wirklich?

»Du hast wahrscheinlich Wasser gefunden, eine Pfütze oder einen kleinen Bach.« *War das ein Nicken?*

»Du hast vielleicht etwas zu essen gefunden. Beeren oder Eier.« *Oh nein, dieser Blick wirkte wieder ganz verständnislos. Halt, sie sagt etwas.* Nina war kaum zu verstehen, weil sie heiser war, doch alle hörten, was sie sagte.

»Greta.«

»Du ... du hast Greta gesehen?«

Nina nickte. Sie schien langsam wieder klarer zu werden.

Hannah sah sie verständnislos an. »Greta? Ich verstehe nicht ...«

»Greta ist tot«, sagte Midori, zu Hannah und Seher gewandt.

»Was?«

»Ich sah sie liegen. Sie liegt unter einem Felsen, sie muss heruntergefallen sein.«

»Das sagst du uns erst jetzt?« Hannah war fassungslos. »Sie liegt da irgendwo herum?«

»Ich wollte es euch ja ... ich weiß auch nicht. Es war keine Zeit, es euch zu sagen. Sie ist tot.«

Nina flüsterte: »Ermordet.«

Alle Blicke richteten sich auf Nina.

»Mit einem Stein erschlagen. Du hast sie umgebracht.« Sie streckte ihren Arm aus und zeigte anklagend auf Midori.

»Ich?«, fragte Midori entsetzt. »Als ich sie gefunden habe, war sie schon tot.«

»Warum hast du ihren Tod dann so lange vor uns geheim gehalten?«, wollte Hannah wissen.

»Ich habe einfach vergessen, es euch zu sagen. Und ich wollte euch keine Angst machen.«

»Wie besorgt du bist.« Hannahs Stimme triefte vor Ironie. »Ganz anders als die Midori, die wir alle aus der Schule kennen.«

»Hannah, wie ich früher war, tut mir leid. Ich möchte jetzt anders sein.«

»Oh, die wunderbare Wandlung der Midori Jott Punkt. Mir kommen die Tränen.«

»Warum sollte ich Greta denn töten?«, schimpfte Midori.

»Was weiß ich? Vielleicht habt ihr euch gestritten. Die Midori, die ich kenne, hat sich nicht viel aus anderen gemacht.«

Seher hatte bis jetzt noch nichts gesagt. Jetzt wandte sie sich an Nina. »*Was* hast du gesehen?« Midori schnappte nach Luft.

»Sie hat Greta getötet.«

»Nina, jetzt mal ernsthaft. Du kannst gar nichts gesehen haben. Als ich Greta gefunden habe … waren schon Krähen an ihr dran. Sie muss da schon eine Weile tot gewesen sein. Nina, ich bin doch deine Freundin.«

»Eine Mörderin ist nicht meine Freundin.«

»*Was* hast du *gesehen?*«, fragte Seher nochmals eindringlich.

»Sie weiß doch überhaupt nicht, was sie sagt!«, schrie Midori und zeigte auf Nina.

Nina sah sie finster an und sagte: »Sie hat sie getötet und ihr die Müsliriegel weggenommen.«

»Du hast sie für ein paar Müsliriegel getötet«, Hannahs Stimme war voller Abscheu.

Die Müsliriegel, herrje. Die hatte Midori ganz vergessen. »Bei Greta lagen zwei ihrer Müsliriegel, ich habe sie genommen, da hatte ich gar nicht mehr dran gedacht. Dann muss ich sie irgendwo verloren haben.«

»Hm. Die Müsliriegel haben die Krähen wohl nicht gefressen? Du hast also an der toten Greta herumgefingert und ihr ein paar Müsliriegel gestohlen? Oder hat sie da noch gelebt?«

Midori spürte, wie sie allmählich in Bedrängnis geriet. »Ja, ich meine, nein. Verdammte Scheiße, ich bin doch keine Mörderin. Die verfickten Riegel lagen neben Greta. Vielleicht war ich ein Arschloch, aber glaubt mir, ich würde doch nie jemandem etwas zuleide tun.«

»Ein gewisser Killerinstinkt ist dir nicht abzusprechen, wenn ich das so sagen darf. Ich denke da an die Möwe.«

»Du hast auch davon gegessen, Hannah!«, entrüstete sich Midori. Vor Aufregung zitterte sie am ganzen Leib.

»Sie war's nicht.« Alle wandten sich zu Katharina um. Katharina blickte in die Runde. »Sie war es nicht. Sie mag zwar einen miesen Charakter haben, aber sie hat Greta nicht getötet.«

»Und woher willst du das wissen?«

»Ich habe Greta auch gesehen. Da war sie schon tot. Das war am ersten Tag, bevor ich euch getroffen habe. Und bis dahin war Midori doch immer mit dir zusammen, oder, Hannah?«

»Na, ist ja interessant, dass dir das gerade jetzt einfällt.«

»Hast du etwa den Eindruck, Midori ist meine beste Freundin? Glaubst du, ich will sie decken?« Katharina schien wirklich sauer. »Ich sage dir was: Ich kann Midori auch nicht leiden, aber sie ist keine Mörderin.«

»Na, *du* musst es ja wissen. Mit dem Thema kennst du dich ja aus.« Bei diesen Worten zuckte Katharina zusammen.

»Das reicht, Hannah«, sagte Midori bestimmt. »Wir müssen zusammenhelfen. Wir brauchen etwas zu essen. Wir müssen die Flaschen regelmäßig aus der Quelle füllen. Wir müssen das Feuer am Brennen halten. Und wir haben nur noch einen Schuss für die Sigpi, ich schlage vor, wir schießen nur, wenn wir ein Schiff oder Flugzeug sehen.«

»Ich kann mich gar nicht erinnern, dass wir dich zu unserer Chefin gewählt haben, Midori. Du hast uns überhaupt nichts zu befehlen. Und von nun an werden wir noch vorsichtiger sein.«

Midori sah Hannah nur an. *Es hat wohl keinen Sinn, wenn ich mich wehre, weil du ja sowieso alles, was ich sage, gegen mich verwendest.*

Seher sprang ein. Sie nickte und sagte mit ruhiger Stimme: »Jeder kann glauben, was er will, aber was die Aufgaben angeht, hat die Kleine recht. Also, wer macht was?«

»Ich hole Eier«, schlug Midori vor, »Möchte jemand mitgehen? Dann können wir mehr tragen.« Nach einer Weile fügte sie hinzu: »Ich verspreche auch, dass ich niemanden töten werde.«

Seher wollte im Lager bleiben und sich dort um alles kümmern. Sie klatschte ungeduldig in die Hände. »Also los, wer will mit Midori mitgehen? Nina, du ruhst dich vielleicht besser noch aus, oder? Hannah? Katharina?«

»Ich bin doch nicht lebensmüde«, sagte Hannah und sah weg.

»Na gut«, erklärte Katharina sich bereit.

»Mörderinnen unter sich«, kommentierte Hannah.

»Es reicht!«, wies Seher sie streng zurecht. *Sonst gibt es keinen Nachtisch,* fügte Midori in Gedanken hinzu und musste unwillkürlich schmunzeln. Man konnte sich gut vorstellen, dass sie mit ihren kleinen Geschwistern in genau diesem Ton sprach.

Später erreichten Midori und Katharina den Lorbeerwald. Jede trug eine leere Fertigmenü-Packung in der Hand, darin wollten sie die Eier transportieren. »Pass auf, Katharina. Das ist ein Zauberwald.«

Katharina sah sie zweifelnd an, als glaubte sie, Midori wolle sich über sie lustig machen.

»Wart's nur ab.« Sie stellte sich unter einen Baum und schloss die Augen. »Mach deine Augen zu, Katharina.«

»Was soll das? Wenn das jetzt …«

»Mach's einfach.«

Seufzend schloss Katharina ihre Augen.

»Riechst du es?«

»Hm«, Katharina schnupperte hörbar. »Was ist das?«

»Ich glaube, Lorbeer. Ist das nicht wunderbar? Öffne langsam die Augen. Siehst du den Efeu, der von den knorrigen Ästen herabhängt? Die moosbedeckten Stämme? Vielleicht hat diesen

Wald seit Hunderten von Jahren kein Mensch betreten.«

»An dir ist ja eine Dichterin verloren gegangen.«

»Was heißt da verloren gegangen? Ich kann ja noch eine werden, wenn wir zurück sind.«

»*Wenn* wir zurück sind, ja.«

Sie gingen weiter. Midori kickte einen kleinen Ast aus dem Weg. »Katharina, wir sind hier unter uns. Ich habe dich das schon mal gefragt und es wäre nett, wenn du diesmal nicht auf mich losgehst.« Unwillkürlich fasste sie sich an die Seite, wo Katharina sie getreten hatte. Die Stelle schmerzte noch immer und ein blauer Fleck würde sie noch lange an dieses Erlebnis erinnern.

»Du willst wissen, warum ich nicht zurück möchte.«

»Ja.«

»Warum interessiert dich das?«

»Ich habe mich geändert. Nein, ich will mich ändern. Ich war sehr gemein früher und das tut mir leid. Ich kann es bei Greta nicht mehr gut machen.«

»Deshalb willst du es bei mir gutmachen? So funktioniert das nicht.«

Ist es das, was ich will? Das klingt wirklich ziemlich doof. »Ich kann nicht ungeschehen machen, was passiert ist. Aber ich möchte ab jetzt anders sein.«

»Die anderen scheinen dir das nicht abzunehmen.«

»Und ich kann es ihnen nicht verdenken.« Sie machte eine Pause. »Und du? Glaubst du, dass Menschen sich ändern können?«

»Midori 2.0? Ich weiß nicht. Aber von allen scheinst du mir inzwischen die netteste. O Mann, ich hätte nicht gedacht, dass ich das jemals sagen würde.« Sie schnaubte belustigt.

Midori lächelte. »Das ist doch schon mal was.«

Schweigend gingen sie nebeneinander her, bis Katharina fortfuhr: »Bevor ich dir eine Antwort gebe, beantworte du mir erst einmal eine Frage. Warum möchtest *du* zurück?«

Midori war überrascht. »Na, ich will doch meine Eltern wieder sehen. Und meine Schwester. Und überhaupt …«

»Siehst du. Ich *nicht*.«

»Du willst deine Eltern nicht wieder sehen?«

Katharina schüttelte den Kopf. »Nie wieder.« Was konnte da passiert sein? Verdammt, wurde sie zu Hause geschlagen – oder schlimmeres? Midori wartete, ob Katharina noch etwas sagen wollte.

»Du kannst dir das nicht vorstellen. Sieh dich an. Du bist hübsch, du brauchst nur mit deinen Augen zu klimpern und schon liegen dir alle Jungs zu Füßen. Und die, die dich nicht mögen, *respektieren* dich zumindest. Du hast gute Noten in der Schule – einfach so.« Sie schnippte mit den Fingern. »Du musst nicht mal was lernen, oder? Und im Sport bist du sowieso spitze. Du isst in der Mittagspause ein Eis und einen Hot Dog und bist trotzdem ein Strich in der Landschaft. Ich werde schon vom Zusehen dick. Wenn jemand etwas sagt, fällt dir immer eine witzige Bemerkung ein. Du gehörst zur coolsten Clique in der Klasse, unser glamouröses Nachwuchsmodel Nina sagt jeden Tag hundert mal zu dir: ›Du bist *so* cool, Midori‹ Du hast eine tolle Schwester, ich habe noch nie so ein schönes Mädchen gesehen. Wenn man euch gemeinsam irgendwo sitzen und lachen sieht, dann wirkt das wie eine Szene aus einem Hollywood-Film oder so. Unwirklich, … so als ob man dazu immer eine kitschige Geigen-musik hört.

Dein Vater wirkt wie ein vertrottelter, lieber Junge und er hat irgendeinen coolen Job in der Werbung und deine Mutter sieht so unnahbar und geheimnisvoll aus, dass ich nicht einmal wage, sie anzusehen.«

Midori musste lachen. »Das solltest du auch nicht. Weißt du, sie hat einmal zwei Wochen nicht mit meinem Vater gesprochen, weil er etwas Falsches gesagt hatte. Zwei Wochen – kein Wort! Mein Vater erklärt ihr Tempe-rament immer damit, dass sie aus einer Samu-raifamilie stammt und er nur deshalb noch am Leben ist, weil er immer die Messer wegräumt, wenn sie sich streiten.«

»Samuraifamilie! Alles an dir ist so … beson-ders.«

Midori winkte ab. »Das ist nichts Besonderes, wirklich nicht. Das kommt dir nur so vor, das liegt nur an der Entfernung, in Japan würden sie dein Leben genau so exotisch finden. Das mit der Samuraifamilie bedeutet nur, dass mein Onkel ein altes Schwert besitzt und dass die Familie meiner Mutter ein großes Grab auf dem Friedhof hat. Das ist aber nicht meine Welt. Du hast keine Ahnung, wie oft wir uns zu Hause zoffen. Ich hasse meine Schwester mindestens so oft, wie ich sie liebe.

Ich habe mal Geige gelernt, schon als kleines Kind. Alle Kinder müssen ein Instrument lernen, das ist das Credo meiner Mutter. Und das aller anderen japanischen Mamas übrigens auch. Ich habe mich gesträubt, ich habe mich mit Händen und Füßen gewehrt. Und ich bin *wirklich* unbegabt. Hast du mich schon einmal singen hören?«

»Nein.«

»Sei froh. Ich habe drei Jahre gekämpft, dann durfte ich mit dem Geigespielen aufhören. Meine Mutter hat vier Wochen nicht mit mir geredet und hält mir immer noch vor, dass ich aufgehört habe. Glaub mir, es ist nicht alles Gold, was glänzt. Mein Vater macht hauptsächlich langweiliges Zeug in seiner Agentur, er schimpft darüber jeden Tag zu Hause. Falls er überhaupt nach Hause darf und nicht wieder mal Überstunden machen muss und erst spät in der Nacht kommt.«

»Man merkt, wie sehr du deine Familie liebst. All die kleinen Geschichten …«

Ist das so? Ich dachte, ich schimpfe hier. Verdammt, vielleicht hat sie ja recht. »Weißt du, in meiner alten Schule war ich eine Außenseiterin.«

»Du – Außenseiterin?« Mit großen Augen sah Katharina Midori an. »Das glaube ich nicht.«

»Oh doch. *Schau mal, wie Midori strahlt, war wohl wieder in Fukushima. Oh, Grün wird rot. Grünkohl. Schlitzi* … Es war die Hölle. Da habe ich mir vorgenommen, nie wieder die letzte zu sein.«

»Das ist dir gelungen.«

Bis jetzt, dachte Midori, *bis jetzt.* »Ich weiß und dabei bin ich zum Arschloch geworden. Das will ich nicht mehr sein.«

Katharina lächelte. »Vielleicht glaube ich dir, Grünkohl.«

Midori schlug spielerisch mit der Plastikpackung nach ihr. »Vorsicht, vergiss nicht, dass auch ich Samuraiblut in mir habe.«

Eine Weile gingen sie schweigend nebeneinander her. Katharina holte tief Luft. »Du hast recht, der Wald ist wirklich verzaubert.«

»Sag ich doch.«

Wieder schwiegen sie.

»Es ist dein Vater, oder?« *Es ist immer der Vater. Warum sind Männer nur so? Vielleicht nicht alle, aber irgendwo haben Männer ein Brutalo-Gen oder so etwas.* Katharina antwortete nicht. »Arschloch«, sagte Midori.

»Du immer mit deinem *Arschloch,*« brauste Katharina auf. »So einfach ist es nicht. Er hat es nicht leicht auf der Arbeit.« *Unglaublich, jetzt verteidigt sie ihn noch,* dachte Midori. *Aber sie redet, endlich.* »Er hat oft Ärger mit seiner Chefin. Und wenn er dann nach Hause kommt und da hockt die hässliche Katharina und sie hat wieder mal eine Fünf in Mathe …«

»Dann rutscht ihm die Hand aus.«

Katharina nickte. »Nimm das, Fotze.« *Jetzt fängt sie gleich an zu weinen.* Midori klopfte Katharina unsicher auf die Schulter. Sie war nicht gut bei solchen Sachen. Wenn es darum ging, körperlich Trost zu spenden, zu umarmen oder zu streicheln, fühlte sie sich unglaublich ungeschickt. Vielleicht war das ihr japanisches Erbe – wenn ihre Mutter ihre Eltern in Japan wieder sah, vielleicht nach ein paar Jahren, dann verbeugten sie sich voreinander und gaben sich die Hand. Die Hand!

»Du bist jetzt 18, oder? Sie können dich nicht festhalten, wenn du nicht willst.«

»Ja, aber wo soll ich hin? Ohne Geld? Meine Chancen auf ein Stipendium sind auch nicht gerade gut. Kann natürlich sein, dass ich sowieso erst einmal ins Gefängnis muss, weil ich Vanessa umgebracht habe. Immerhin wäre ich dann weg von meinen Eltern.«

»Das glaube ich nicht. Es war ein Unfall.«

»Stimmt. Es hätte Nina treffen sollen … oder dich.«

Midori schluckte. Das hatte sie geahnt, aber es von Angesicht zu Angesicht zu hören, war trotzdem ein Schock. Sie wagte einen Seitenblick, doch Katharina sah stur nach vorne. »Du … wolltest mich umbringen?«

Katharina antwortete nicht sofort. »Nein«, sagte sie dann, aber es klang nicht sehr überzeugt. »Nein, wahrscheinlich nicht. Ich habe es mir zwar tausend Mal vorgestellt, wie ihr verreckt; Nina oder Hannah oder du. Aber ich hätte niemanden vor euch umgebracht. Ich hatte mir eher gewünscht, dass ihr von einem Auto überfahren werdet oder so etwas.«

»Hm.« Midori wusste nicht, was sie sagen sollte. »Ich war ja ganz am Anfang neben dir gesessen …«

»Wahrscheinlich habe ich dich deswegen so gehasst. Ich habe gedacht, dass wir Freundinnen werden können.«

»Es tut mir leid. Ich wollte nur weg, zu den coolen Mädchen.« Sie dachte einen Moment nach. »Wir können immer noch Freundinnen sein.«

Katharina stierte vor sich hin. *Sie glaubt mir nicht. Warum sollte sie mir auch glauben?* »Du kannst zu uns.«

»Was?«

»Du kannst bei uns wohnen, in Aois Zimmer. Sie studiert ja in Paris und kommt kaum noch nach Hause. Wenn sie zu Besuch ist, kann sie auch bei mir pennen.«

»Das geht doch nicht – was sagen denn deine Eltern …«, stammelte Katharina unsicher.

»Das lass meine Sorge sein. Wenn ihre totgeglaubte, kleine Krähe nach so langer Zeit in der Wildnis wieder zurückkehrt, werden sie ihr bestimmt keinen Wunsch abschlagen können. Und Aoi wird nichts dagegen haben, das weiß ich.« *Sie wird toben,* dachte sie. *Aber am Ende wird sie einverstanden sein.*

»Kleine Krähe?«

»Ach, so nennt mich meine Schwester immer – Corneille.«

»Aber, du bist doch so hübsch …«

»Ich trage immer nur schwarze Klamotten, ich bin so sarkastisch, dass keiner sich traut, mich anzusprechen. Zu Hause sitze ich am liebsten vor dem Computer und kille Zombies. Aber du kannst bei uns wohnen, das verspreche ich dir.«

»Danke«, sagte Katharina kleinlaut. Midori klopfte ihr linkisch auf die Schulter.

Nach dem schattigen Wald kam ihnen die Hitze der Ebene umso unerträglicher vor und beiden lief der Schweiß in Strömen herunter. Midori zeigte auf die Felswand, die sich vor ihnen erhob. »Da ist es schon. Heute werden wir keine Möwe fangen können, das geht nur nachts, denke ich. Ich hätte auch keine Energie mehr.« *So viel zum Thema Killerinstinkt.*

Katharina japste und hatte einen hochroten Kopf. *Sie muss ja noch ein paar Pfunde mehr herumschleppen, das hatte ich ganz vergessen.*

Katharina hatte die Idee, den Plexiglas-Deckel auf die Plastikbox zu schlagen, das schepperte ganz schön.

»Ksch, ksch!« Wie auf ein Signal hin erhoben sich Hunderte von Möwen in die Luft. Der Himmel über ihnen war voller Kreischen und Flügelschlagen. Schnell klaubte Midori Eier aus den verlassenen Nestern und packte sie in die Schachtel. Katharina tat es ihr gleich.

»Die Eierdiebe sind zurück«, sagte Midori, als sie wieder im Lager waren. »Und wir haben reiche Beute gemacht. Der Vogel, den ihr als Möwe kennt, wird auf den Kanaren bald aus-gestorben sein.« Midori sah, dass Katharina lächelte. Es war ein schönes Gefühl, etwas Nützliches zu tun.

»Ach Midori …«, Seher verdrehte die Augen genervt, aber sie lächelte. »Wir waren auch nicht untätig. Wir haben Muscheln gesammelt und vielleicht sind sie gegrillt ja genießbar.« Etwa zwei Dutzend Muscheln lagen in einer Aluschale neben dem Feuer.

»Auf jeden Fall riechen sie unglaublich gut. Hätten wir nur einen – was trinkt man zu Muscheln, Rotwein oder Weißwein?«

»Rotwein? Du bist so eine *Barbarin*. Am besten einen leichten, frischen Weißwein«, sagte Nina. »Oh Gott, für eine Flasche Wein würde ich meinen rechten Arm hergeben.« Nina schien wieder die alte zu sein.

Seher grinste. »Wenn wir noch länger hierbleiben, wird Midori Düsentrieb vermutlich anfangen, Wein anzubauen und zu keltern.« *Na sowas, so locker habe ich dich ja noch nie erlebt,* dachte Midori und lächelte. *Und, hey, du kennst Daniel Düsentrieb. Das gibt ein Sternchen in Landeskunde.*

»Ich würde eines meiner Augen für eine Whisky Cola geben!«

»Bacardi Orange!«

»Mojito!«

»Wenn die Vorstellungsrunde der Anonymen Alkoholiker zu Ende ist, haue ich noch ein paar Eier in die Pfanne. Ich hoffe, es sind keine Vegetarier anwesend.« Midori zerschlug ein paar Eier in eine der Aluschalen und stellte sie neben das Feuer.

Alle sind so fröhlich, aber keiner möchte über die Toten sprechen. Dabei sind sie da. Vanessa, Greta und Mia sitzen zwischen uns. Greta, die kein

Gesicht mehr hat und Mia, in der inzwischen vielleicht eine Krabbenkolonie wohnt … Verdammt, ich bin morbid. Aber es hilft nichts.

Midori wandte sich an Nina. »Nina … ich habe Greta nicht getötet.« Schlagartig war die gute Stimmung verflogen.

»Ja, ich weiß. Ich habe darüber nachgedacht. Ich war nur so erschrocken, als ich dich im Wald gesehen habe. Du warst fast nackt und deine Haare waren patschnass … du warst ganz verdreckt und sahst aus wie eine Wilde. Da habe ich mir wohl was eingebildet. Du hast sie nicht getötet. Entschuldige.«

Midori nickte. »Des passt scho«, sagte sie in schlechtem Bayerisch.

»Die Zeit, in der ich allein über die Insel geirrt bin, war wie ein Traum für mich. Wie ein endloser Albtraum. Ich kann mich an fast nichts mehr erinnern, ich bin ständig über etwas gestolpert oder gegen etwas gelaufen. Und immer hatte ich schrecklichen Durst und wahnsinnigen Hunger.«

»Weißt du noch, wo du Wasser gefunden hast? Du musst Wasser gefunden haben.« *Wenn nicht, hast du den Rekord für das Überleben ohne Wasser gebrochen.*

»Da war etwas. Ich weiß, dass ich irgendwann eine braune Brühe aus der hohlen Hand getrunken habe. Eines der wenigen Bilder, an das ich mich noch erinnere.«

»Also gibt es doch irgendwo Wasser an der Oberfläche.« *Wir sollten das in Erfahrung bringen, falls unsere Quelle eines Tages versiegt.* Sie sagte es aber nicht, weil sie die Stimmung nicht stören wollte.

Niemand sagte etwas, alle sahen in das Feuer. Beruhigend knackte das Feuer und wärmte die Mädchen.

Midori räusperte sich. »Viele von uns sind gestorben. Das ist schrecklich. Wir werden euch nicht vergessen, Mia, Greta, Vanessa. Und all die anderen, von denen wir nichts mehr gehört haben. Wir müssen zusammenhalten, damit wir überleben und wieder nach Hause können. Gemeinsam können wir es schaffen.«

»Warum habe ich plötzlich das Gefühl, in einer amerikanischen Fernsehserie zu sein?«, grinste Hannah.

»Hey, ich dachte, für den Sarkasmus bin ich hier zuständig«, schimpfte Midori übertrieben. »Aber ich habe mich auch schon gewundert, wo die Titelmelodie und der Abspann bleiben.«

»Nein, nein. Ihr habt wohl schon lange keine Serien mehr gesehen. Die guten enden heutzutage mit einem Cliffhanger«, sagte Nina.

Eine dieser Serien über die alle reden, außer mir, dachte Midori. *Naja, und Seher natürlich.* »Wie wäre es damit: Ich bin schwanger.« Alle lachten.

Nina wedelte mit der Hand vor ihrem Gesicht. »Nein, nein, falsches Genre. Eher so: Das klingt wie ein Motorboot!«

Alle verstummten. Doch natürlich war nichts zu hören.

»Hey, war nur ein Witz. Es wären sowieso keine Retter gewesen, sondern Bankräuber, die hier untertauchen wollen.«

Alle lachten.

»Ich würde mich auch von einem Bankräuber retten lassen«, sagte Hannah nachdenklich. »Zumindest hat er Kohle.«

»Kommt drauf an, wie er aussieht«, ergänzte Nina.

Seher hob die Augen zum Himmel, aber sie lächelte dabei. *Bittest du um Vergebung für unsere bösen Gedanken, Seher? Oh, ich werde wieder sarkastisch. Du kannst es nicht lassen, was Midori?*

Midori holte die Aluschale mit dem Spiegelei und schlug noch ein paar Eier in eine weitere Schale. *Wenn das Leben ein Film ist, in welchem Genre sind wir dann gelandet? Wie lautet der Untertitel unserer Serie? Fünf Mädchen – die Geschichte einer wunderbaren Freundschaft? Oder: La Isla – fünf Mädchen auf der Todesinsel. Oder war es am Ende: Die Insel – blutjung und nackt unter Palmen.* Midori musste grinsen.

Nach dem Essen legten sich die Mädchen hin – müde und beinahe satt.

»Ich frage mich, weshalb du die Aufgabe nicht bis zu Ende bearbeitet hast, Midori.« Herr Bauernfeind schien wirklich verwirrt. »Du hattest alles richtig, aber die letzte Aufgabe hast du nicht einmal versucht.«

Ach Bäuerchen, ich bin doch keine Streberin. »Äh, sie war zu schwer?«, antwortete Midori mit fragendem Tonfall. Die Klasse hielt den Atem an. Das versprach, interessant zu werden.

»Midori.« Herr Bauernfeind klang sehr müde. Er nahm seine Brille ab und zupfte sich geistesabwesend mit zwei Fingern an der Nasenwurzel. »Die letzte Aufgabe ist bei mir immer die Sechser-Bremse. Ich dachte, da kann eigentlich jeder etwas schreiben. Und das war auch so. Jeder, außer dir.«

Midori sah ihn mit großen Augen an. Schuldbewusst. »Ich hab's verbockt?« Die ganze Klasse lachte.

Der Lehrer seufzte. »Wenn es so einfach wäre. Hattest du am Ende vielleicht keine Zeit mehr?«

Erleichtert griff Midori nach dem Strohhalm. »*Das* wird's gewesen sein. Ich habe zu lange für die anderen Aufgaben gebraucht. Ich war einfach zu langsam.«

»Midori,« Herr Bauernfeind schüttelte den Kopf, »ich erinnere mich genau, dass du die Klausur als erste abgegeben hast. Warum hast du das nur gemacht?«

Es war völlig still in der Klasse.

»Hmmm … da muss wohl meine Uhr kaputt gewesen sein.« Sie hielt ihre Armbanduhr ans Ohr und schüttelte sie theatralisch.

Herr Bauernfeind sah einen Moment so aus, als wolle er ihr ins Gesicht springen, dann schlug er ihr resigniert die Arbeit auf den Kopf, bevor er sie ihr gab. »Eine Zwei. Wie immer.«

»Na, das ist doch *gut*«, strahlte sie ihn an. Nina hielt Midori die Hand hin und sie gab ihr ein »High Five«. Herr Bauernfeind brummte etwas und schüttelte den Kopf. Dann fuhr er fort, die Klausuren auszuteilen.

TAG 7

Jemand rüttelte an Midoris Schulter. Gerade hatte sie davon geträumt, dass sie ihre Schwester in Paris besuchte und sich dort Aois Mitbewohner Hals über Kopf und unsterblich in Midori verliebte. Schade, dass der Traum schon zu Ende sein sollte, sie konnte sich nicht mehr erinnern, wie er aussah und außerdem hätte sie gerne gewusst, wie es weiterging. »Hmmmm?«, brummte sie schlaftrunken und schlug die Augen auf.

Sie erblickte Nina, die von einem Mädchen zum anderen sprang und sie weckte. *Sie ist wirklich schön,* dachte Midori. *Ihre Bewegungen sind so voller Anmut; man merkt, dass sie ihr ganzes Leben lang Ballett gemacht hat.*

Nina war untröstlich gewesen, als ihr mit 17 klar geworden war, dass sie für eine Karriere als Ballerina zu groß und damit auch zu schwer geworden war. Sie war zwar sehr schlank, aber mit einer Größe von über 1,70 Meter konnten die meisten Tänzer sie eben nicht mehr so herumwerfen, wie das beim Ballett nötig war. Als Nina sich über Hannah beugte, teilten sich die strähnigen, dunkelblonden Haare über ihrem Nacken und Midori sah die Halswirbel herausstehen. *Wunderschön. Bei Nina ist wirklich alles an der richtigen Stelle. So hatte Gott vermutlich die Frauen geplant, als er sie geschaffen hatte. Herausgekommen ist dann größtenteils Ausschuss, bei dem an der einen Stelle zu viel und an der anderen zu wenig war. So wie bei mir, Katharina, Hannah oder Seher. Hoppla, bin ich wirklich lesbisch oder bloß neidisch?*

Nina hatte alles. Ihre Mutter war Schauspielerin, kein Star aber doch bekannt, man sah sie immer mal wieder in Fernsehserien oder Krimis. Ninas Vater war Musikproduzent. Er produzierte zwar hauptsächlich Volksmusik und Schlager, aber trotzdem hatte er ihnen schon ein paar Mal Konzertkarten für Popgruppen organisiert. Er kam da irgendwie über die Plattenfirma heran. Na gut, eine glückliche Familie hatte sie nicht, laut Nina lebten ihre Eltern nur noch pro Forma zusammen, aber auch das nutzte Nina aus, indem sie sie geschickt gegeneinander ausspielte. *Das klingt mir jetzt aber ganz nach Neid. Na also, das heißt dann: nicht lesbisch. Quod erat demonstrandum.*

»Los, raus aus den Federn! Sperrt mal eure Ohren auf!«

Midori spitzte die Ohren. Sie hörte das Rauschen der Wellen, den immer gleichen Rhythmus der Brandung. Obwohl – da war noch etwas. »Ein Motor … ein Motor?!«

»Die kleine Vogelkillerin hat 100 Punkte und gewinnt eine Spülmaschine.«

Midori war im Nu auf den Beinen und auch die anderen sprangen auf. »Wo ist die Sigpi?«

»Die habe ich«, meldete sich Seher. »Aber wir wissen doch gar nicht …«

»Glaubst du, es sind die Bankräuber? Das war doch nur *Spaß*, Seher«, lachte Hannah. »Es ist mir egal, ob es ein Rettungskommando ist oder nur Fischer. Von mir aus können es auch die Jungs aus der siebten Klasse sein, die uns immer nachpfeifen.«

Midori kicherte bei dem Gedanken daran. Sie imitierte das Kieksen eines Jungen im Stimmbruch: »Hey, gibst du mir deine Nummer, Babe?«

Hannah fuhr fort: »Den hast du so fertiggemacht, Midori. Hast immer wieder gefragt: ›Und dann, Kleiner, was willst du dann?‹, bis er nur noch so groß mit Hut war.« Sie zeigte die Größe mit Daumen und Zeigefinger. *Ja, fertigmachen, das kann ich. Das kann ich richtig gut.*

»Für den Fall, dass sie nicht so hartnäckig sind, wie die Jungs aus der Siebten, sollten wir dafür sorgen, dass sie uns bemerken«, warf Nina ungeduldig ein.

»Du kennst dich damit aus.« Seher gab Midori die Signalpistole und den letzten Schuss Munition. »Wir sollten trotzdem vorsichtig sein.«

»Midori schafft das schon«, bemerkte Hannah und lächelte Midori aufmunternd zu.

Das hat sie nicht gemeint. Midori warf Seher einen prüfenden Blick zu. *Verdammt, Seher, warum bist du so misstrauisch?* Sie klappte den Lauf der Pistole nach vorn und steckte die Patrone hinein. Dann spannte sie die Waffe und hielt sie mit gestrecktem Arm nach oben.

»Na, wer ist bereit, seine Seele dem Teufel zu verkaufen?« Die anderen sahen sie verständnislos an, Sehers Gesichtsausdruck konnte sie nicht deuten. »Na gut, ich tu mir da als Atheistin natürlich leicht. Also, Teufel, du kannst die schwarze Seele von Midori haben, wenn du diesen Schuss gelingen lässt. Deal?«

Verdammt, und was ist, wenn wir gerade in einem Horrorfilm sind? So ein übersinnlicher, mit Teufeln und Dämonen? Dann greift gleich eine Klaue nach mir und zieht mich hinab in die Hölle. Sie schloss die Augen und krümmte ihren Finger.

Ein Schuss. Gleißend hell stieg die rote Leucht-kugel in den blauen Himmel, eine dünne, weiße Rauchfahne hinter sich herziehend. Die Mädchen sahen der Rakete hinterher und hiel-ten die Luft an.

»Ich hatte übrigens meine Finger hinter dem Rücken gekreuzt. Falls ihr also einen Dämon trefft, der nach meiner Seele fragt …«

»Und wenn sie es nicht verstehen?«, unterbrach Hannah sie. »Wenn sie es für ein Feuerwerk halten?«

»Sie *werden* es verstehen. Die rote Kugel ist ein internationales Notsignal. Sie sind *verpflichtet*, zu helfen«, beruhigte Midori sie. »Verdammt, sogar wenn die Queen Mary hier vorbeifährt, müsste sie anhalten und uns retten.«

»Wie die Queen Mary klingt der Motor aber nicht.«

»Und wenn es Piraten sind?« warf Hannah ein.

Nina verdrehte die Augen. »Piraten? Wir sind nicht am Horn von Afrika. Hier gibt's seit 300 Jahren keine Piraten mehr. Wenn aber doch einer kommen sollte und er aussieht wie Johnny Depp, dann kriege ich ihn.« Sie wurde wieder ernst. »Habt ihr eine Ahnung, aus welcher Richtung das Geräusch kommt? Wir wollen unsere Retter begrüßen.«

Trotzdem hockte sie sich erst einmal hin, wusch ihr Gesicht mit einer Handvoll aus der Wasserflasche und ordnete ihre Haare mit den Fingern. Katharina warf Midori einen belustigten Blick zu und Midori zwinkerte zurück. »Denkt dran: Wenn sie Nina kaufen wollen, geben wir sie nicht unter zwei Kisten Glasperlen her. Jetzt, wo sie sauber ist, sogar drei Kisten.«

»Midori, du Biest! Ich werde dich auch waschen …« Nina nahm die Flasche und spritzte etwas auf Midori, die kreischend zurücksprang.

Seher hob die Arme. »Wir sollten das Wasser nicht verschwenden, wir wissen doch nicht …«

Wir wissen was nicht? Alle sind so ausgelassen und fröhlich, als ob wir schon gerettet sind. Selbst Katharina hat gelächelt. Nur Seher ist ernst. Dabei weiß ich doch genau, wie sehr sie sich darauf freut, nach

Hause zu kommen zu ihren Eltern – und ihren Geschwistern.

Midori ging zu Seher und packte sie am Arm. »Seher«, zischte sie ihr zu und sah ihr in die Augen, »was kann das schlimmstenfalls sein? Wenn es ganz blöd läuft, wer kommt da?«

Seher sah sie an und überzeugte sich, dass sonst niemand zuhörte. »Böse Menschen. Es könnten böse Menschen sein«, flüsterte sie und riss sich los. Dann folgte sie den anderen, die am Strand entlang gingen. Oder eher entlang *tanzten*.

Mit gerunzelter Stirn blieb Midori stehen. *Böse Menschen? Was meint Seher nur mit »böse Menschen«? Verdammt, ist unser Genre etwa ›Grimms Märchen‹ – die fünf törichten Jungfrauen und die Räuber?*

Als Midori zu der Gruppe stieß, sprangen alle wild herum, nur Seher stand unbeteiligt daneben. Nina sah aus wie ein Cheerleader, sie hüpfte auf und ab und ihr langes Haar wehte im Wind. Selbst Katharina war ganz aus dem Häuschen und schwenkte einen Palmzweig. Dann bemerkte sie Midori. »Dein Angebot … das war doch ernst gemeint?«

Midori nickte ihr feierlich zu. »Darauf kannst du einen lassen.«

Katharina lächelte sie an, aber Midori sah schon wieder weg.

Ein kleines Motorboot mit Außenbordmotor hielt auf den Strand zu. Zwei Personen schienen darin zu sitzen.

»Glaubt ihr, … glaubt ihr, das sind unsere Retter? Das könnte etwas eng werden in dem Boot«, gab Midori zu bedenken. Eine der Personen auf dem Boot winkte ihnen zu und die Mädchen kreischten wie bei einem Popkonzert. Midori beobachtete Seher, die ihre Augen zusammenkniff.

Verdammte Scheiße, Seher, das ist mehr als Misstrauen. Was suchst du? Midori fühlte sich wie in einem Albtraum. Irgendwas stimmte hier nicht, aber sie konnte nichts dagegen tun.

»Vielleicht sind es Fischer«, sagte Katharina.

»Ohne Netz? In so einem winzigen Boot?«

»Sportangler. Oder Touristen«, sagte Nina leichthin, »Mir egal. Hauptsache, sie retten uns. Als erstes nehme ich eine lange, heiße Dusche … oder ich esse erst einmal was …«

»Pizza!«, schwärmte Hannah.

»Ein kaltes Bier!«

»Alles zusammen. Und dann lege ich mich in ein weiches, weiches Bett und schlafe gaaaaanz lange …« Nina schloss schwärmerisch die Augen.

»Was haben die beiden denn da?«, sagte Midori misstrauisch. Es waren zwei Männer, das konnten sie jetzt erkennen. Einer hatte dunkle Haare und einen Bart, der andere, der mit dem Stock, hatte hellere Haare.

Nina zuckte die Achseln. »Das wird eine Angel sein, was sonst?«

Ja, was sonst, Midori? Was soll es denn schon sein? Werde ich jetzt paranoid? Sie blickte zu Seher. Seher schien sich zu versteifen. Das Boot war jetzt nur noch wenige Hundert Meter vom Ufer entfernt.

Nina winkte und der Bärtige winkte zurück. Sie sah aus wie ein heroinsüchtiges Fotomodell, bei ihr waren sogar Ringe unter den Augen fotogen und ließen sie nur interessanter aussehen. Im Augenwinkel sah Midori, wie Seher einen Schritt zurückwich.

Es gefällt mir nicht. Es gefällt mir ganz und gar nicht. Scheiße, mach was, Midori! Mach irgendwas!

Die Männer riefen etwas und winkten. Jetzt waren es nur noch etwa hundert Meter zum Ufer.

Verzweifelt sah Midori sich um. Neben ihr lag ein großer Ast Treibgut. Midori nahm ihn in die Hand und holte über ihrem Kopf zum Schlag aus.

»Seher! Ich schlage dir den verdammten Schädel ein, wenn du mir nicht sagst, wer das ist!«, schrie sie und ihre Stimme überschlug sich.

Alle drehten sich entgeistert um. »Midori …«, sagte Nina erschrocken.

»Ich schlag dich tot, Seher, verdammte Scheiße.« Midori spuckte es geradezu heraus. Ihre Arme zitterten, der Ast war schwer und sie war müde. Lang würde sie diesen Prügel nicht halten können. Aber lange genug.

»Midori, es ist alles gut …«, versuchte Hannah die Rasende zu beruhigen. »Wir hatten alle Stress, aber …«

Midori unterbrach sie: »Tut mir leid für deine Geschwister, Seher. Ich zähle bis drei. Eins, … zwei, …«

Das Boot war jetzt am Ufer angelangt. Einer der Männer sprang ins Wasser.

Seher war völlig ruhig. Sie hob abwehrend die Hand. »Okay. Ich glaube, diese Männer suchen Greta. Sie wollen sie töten«, sagte sie leise, doch alle hatten es gehört. Aber keiner hatte es verstanden. Midori ließ den Ast sinken und warf ihn in den Sand.

»Greta? Warum denn Greta?«, kommentierte Nina. Die beiden Männer zogen das Boot den Strand hoch. Gewiss wunderten sie sich, warum die Mädchen ihnen nicht entgegen kamen. »Das ist doch Schwachsinn.«

Hannah schüttelte den Kopf. »Greta ist tot. Was soll das? Was wird hier gespielt? Ich verstehe nur Bahnhof …«

»Bei drei rennen wir ins Gebüsch«, befahl Midori scharf und zeigte nach oben zum Gebüsch, weg von den Männern. Sie hatte Tränen in den Augen. *Reiß dich zusammen,* sagte sie zu sich selbst. Die beiden Männer kamen näher, sie riefen »Hi!« und »Hola!« und wenn sie lächelten, blitzten ihre weißen Zähne. Zwei nette Jungs auf Angeltour. Gutaussehend noch dazu. Dennoch gefiel ihr nicht, wie die beiden sich umsahen. Nervös. Lauernd.

»Eins.« Midori sah die anderen an. Nina zog misstrauisch ihre Stirn in Falten. Seher blickte ausdruckslos vor sich hin. Katharina schien intensiv nachzudenken. Hannah schüttelte immer wieder den Kopf und sah zwischen Nina und den Männern hin und her.

»Zwei.« Midori nahm eine Startposition ein. Sie versuchte, so auszusehen, als wüsste sie, was sie tat.

»Drei! Lauft!« *Bitte, vertraut mir nur einmal im Leben und lauft!* Sand stob auf, als Midori aufsprang und davonrannte. Nur weg, so schnell sie konnte. Die Männer riefen etwas, dann plötzlich knallte ein Schuss. Geduckt lief sie weiter. *Eine AK 47*, dachte sie, *im Volksmund auch Kalaschnikow genannt. Sie haben sie auf Einzelfeuer gestellt. Was für sinnloses Wissen mir meine Computerspielsucht doch beschert. Zumindest werde ich wissen, welche Waffe mich tötet.*

Sie machte weite Schritte und bald hatte sie das obere Ende des Sandstrands erreicht. *Ich bin ein Hase. Ich schlage Haken und fliege durchs Gebüsch. Ich stolpere nie, denn hier bin ich zu Hause.* Sie hörte einen weiteren Schuss und noch einen. Dann riefen die beiden Männer etwas durcheinander.

Sie rannte zwischen den Büschen und verkrüppelten Bäumen hindurch, die am Rand des Strands wuchsen. Dann wagte sie einen Blick über die Schulter. Niemand schien ihr zu folgen. Schwer atmend blieb sie hinter einem kleinen Baum stehen und spähte zwischen den Ästen zurück. Sie sah niemanden. Waren etwa alle am Strand geblieben? Nein, zumindest Seher war sicher weggelaufen. Bei den anderen war sie nicht so sicher. Vielleicht waren sie ja in unterschiedliche Richtungen gelaufen, das wäre gut, denn dann hätten es die Männer schwerer.

Sie versuchte, etwas durch die Büsche zu sehen, doch in dem dichten Untergehölz war das ein aussichtsloses Unterfangen. »Ist da wer?«, zischte sie. Keine Antwort, aber das hatte nichts zu sagen. Vorsichtig zog sich Midori weiter zurück. Am Strand war es zu gefährlich, die Männer hatten mindestens eine Schusswaffe und vermutlich konnten sie auch noch schneller laufen als Midori. Vielleicht auch nicht, aber sie hatte keine Lust, es auf ein Wettrennen ankommen zu lassen.

Ohne nachzudenken, trabte sie bergauf, so lange, bis sie wieder im Wald war. In ihrem duftenden Zauberwald. Sie verlangsamte ihren Schritt zu einem Spazieren und bemerkte, wie sie ruhiger wurde.

Die Sonne schien durch das lichte Laub der knorrigen Bäume und warf ein helles Muster auf den trockenen Boden. Sie spürte die Hitze der Sonnenstrahlen auf ihrem Haar, wenn sie aus dem Schatten trat und konzentrierte sich auf den Wechsel zwischen Sonne und Schatten.

Dem Wald war es egal, was die Menschen machten. Der Wald würde da sein, auch wenn sich die Menschen alle gegenseitig umgebracht hätten. *Wir sind wie Ameisen, die hektisch zwischen den uralten Bäumen herumwuseln.* Eine schöne Perspektive.

Sie seufzte. *Zeit, dass sich die Ameise mit ihren Ameisenproblemen beschäftigt. Was ist geschehen? Denk nach, Midori.* Warum wollten die Männer Greta töten? Ausgerechnet Greta? Es musste etwas mit Politik zu tun haben. War Gretas Vater so wichtig? Womöglich, sie erinnerte sich, dass sie im Radio gehört hatte, dass Kleber einer der »kommenden Männer« in seiner Partei sei. Einer, der es bis ganz oben schaffen könnte. Sie hatte damals den Kopf geschüttelt. Wahrscheinlich, weil ihr Vater auch immer den Kopf schüttelte, wenn er Klebers Namen hörte. Aber warum wusste Seher davon? Sicher sympathisierte sie nicht mit Klebers Partei, die als ultrakonservativ und fremdenfeindlich galt, trotz Klebers gegenteiliger Beteuerungen.

Entführte man Politikerkinder nicht eher, statt sie zu töten? Oder ging es nur um Geld? Dann beschützte man seine Geisel doch erst recht. Und was hatte der Pilot damit zu tun? *Hatte* er etwas damit zu tun? So viele Fragen. Sie müsste Seher finden, die wüsste vielleicht, was los war.

Du hast sie nicht beschützt, Midori, das ist los. Du hast versagt. Du hast die Zeichen nicht erkannt und bald sind sie alle tot. Am Ende hast du ein bisschen nachgedacht, aber … too little, too late. Und weil alle wussten, dass du ein egoistisches Miststück bist, hat dir sowieso niemand geglaubt. Was jetzt? Wieder weglaufen? Der Gedanke war ausgesprochen verlockend. *Ich komme hier zurecht. Dann lebe ich eben wieder ein paar Tage von rohen Eiern. Die Männer finden mich hier nie und irgendwann werden sie wieder abhauen.*

Und die anderen willst du opfern oder was? Du bist wirklich ein Miststück.

Nein, entschied sie. *Diese Arschlöcher sollen mich kennenlernen. Ich habe »Stirb Langsam« mindestens zehn Mal gesehen, ich weiß, wie man mit euresgleichen umspringt. Wenn ich ein Tuch hätte, würde ich es mir jetzt um die Stirn binden.* Aber sie hatte ja nicht einmal eine Hose, die war immer noch bei der Quelle. Dorthin würde sie nicht mehr zurück können, denn sicher entdeckten die Männer bald das Lager.

Sie kam auf eine grüne Lichtung, hier war auch der Boden mit Moos bedeckt. Mit dunklem, feuchtem Moos. *Heureka,* dachte sie. Midori lief hin und her, bis sie die nasseste Stelle gefunden hatte. Sie rupfte das nasse Moos aus und grub mit der Hand ein kleines Loch in die feuchte Erde. Beinahe augenblicklich sammelte sich Wasser darin. Sie wartete kurz, bis sich der Schlamm ein wenig abgesetzt hatte, dann schöpfte sie Wasser mit der hohlen Hand heraus. Es schmeckte natürlich nach Erde und kleine Steinchen knirschten zwischen ihren Zähnen, aber es löschte den Durst. Diese Lichtung würde sie sich merken müssen. Sie sah sich um. *Bäume, Bäume, Bäume. Besondere Kennzeichen: keine.* Ob Nina so überlebt hatte? Wäre sie in der Lage gewesen, nach Wasser zu graben? Vielleicht hatte sie es zufällig gefunden. Oder es gab woanders noch mehr Wasser. Womöglich trat es irgendwo an die Oberfläche.

Das Knacken eines Asts riss sie aus ihren Gedanken. Schnell versteckte sie sich hinter einem dicken Baum und hielt den Atem an. Vorsichtig lugte sie dahinter hervor.

Es war Katharina, die auf die Lichtung trat und in die Sonne blinzelte. Ängstlich blickte sie sich um. Sie hatte einen ganz roten Kopf, wahrscheinlich noch vom Laufen.

»Nicht erschrecken, Katharina«, sagte Midori und kam aus ihrem Versteck.

»Oh, Gott sei Dank, du bist es. Ich hatte solche Angst.«

»Ich auch. Möchtest du etwas trinken?«, sie zeigte auf das Loch. »Bedien dich.«

Katharina nahm das Loch in Augenschein. »Kann man das trinken?«

»Ein wenig torfig im Abgang. Wenn es giftig ist, werde ich es jedenfalls zuerst erfahren. Falls ich es bemerke, denn wenn es ein schnell wirkendes ...« sie fasste sich plötzlich an den Hals, würgte geräuschvoll und ließ sich fallen.

»Oh Midori, ich werde mich nie an dich gewöhnen.«

Grinsend stand Midori auf. »Das wirst du aber müssen. Wo wir doch bald Zimmernachbarn sind.«

»Deinen Optimismus möchte ich haben.« Sie beugte sich zum Wasserloch und trank ein paar Handvoll Wasser. *Ich auch, Katharina, ich auch.*

Midori wurde ernst. »Weißt du, was mit den anderen los ist?«

»Ich habe gesehen, dass Hannah hingefallen ist. Sie hat geschrien.«

»Glaubst du, sie haben sie getroffen?«

»Möglich, vielleicht ist sie aber auch nur gestolpert.« *Na klar, ein Schuss fällt und sie stolpert in dem Moment? Wer ist hier die Optimistin?*

»Seher? Nina?«

Sie zuckte die Schultern. »Ich weiß es nicht.«

»Wir müssen also davon ausgehen, dass sie mindestens Hannah haben, im schlimmsten Fall haben sie außer uns alle.«

»Was sind das für Männer?«

»Das habe ich mich auch gefragt. Ich bin sicher, es hat etwas mit Politik zu tun. Sie wollen Gretas Vater ausschalten oder unter Druck setzen oder was auch immer. Und ich vermute, *das* ist der Grund, warum uns keiner sucht.«

»Wie soll denn das gehen?«

»Irgendwie steckt Seher auch mit drin. Ich weiß nicht wie, aber sie wusste Bescheid, zumindest teilweise. Und unser Pilot womöglich auch.«

»Aber das Flugzeug ist abgestürzt. Der Pilot ist tot, oder? Das kann er nicht geplant haben.«

»Warum nicht? Vielleicht hat er sich mit dem Fallschirm gerettet? Oder sie haben ihn auflaufen lassen und geopfert. Aber vorher ist er wahrscheinlich noch in eine ganz falsche Richtung geflogen, irgendwohin, wo uns niemand sucht.«

»Dann kommen wir hier niemals weg«, sagte Katharina verzweifelt.

»Doch. Unsere Retter haben sogar ein Boot mitgebracht.«

Katharina verdrehte die Augen. »Midori, dies ist kein verdammter Abenteuerfilm.«

»Ach ja?«, grinste sie, »Es fühlt sich aber haargenau so an.« *Tatsächlich, Indiana Jane? Warum hast du dann keinen blassen Schimmer, was du tun sollst? Und warum hast du solche Angst, dass du dir beinahe in deine nicht vorhandene Hose machst?*

Wenig später schlichen die beiden durch den Wald. »Jede Wette, dass die Männer Greta sehen wollen. Sie sind nur auf die Insel gekommen, weil sie Greta suchen. Sie werden sich überzeugen wollen – oder müssen – dass Greta tot ist.« Leise fügte sie hinzu: »Und wenn sie schon einmal da sind, werden sie auch eventuelle Zeugen ausschalten wollen.«

»Nina weiß, wo Greta liegt. Wenn sie Nina haben, können sie sich von ihr hinführen lassen.«

»*Falls* Nina sie findet. Sie war ja nicht bei Sinnen, als sie durch den Wald gelaufen ist.« Sie dachte nach. »Aber Greta liegt unterhalb eines Felsens, das sollte nicht so schwer zu finden sein.«

»Wir müssen also nur warten. Erschrick nicht, wenn du die Leiche siehst, sie sieht sicher noch schlimmer aus als beim letzten Mal.« Mit einem Schaudern erinnerte sie sich an das von den Krähen weggepickte Gesicht.

»Midori?«

»Ja?«

»Es gibt kein letztes Mal. Ich habe Greta nicht gesehen.«

»Aber ... du hast doch gesagt, du hättest sie tot liegen sehen ... schon am ersten Tag. Wenn du das nicht gesagt hättest, hätten mich die anderen bestimmt gelyncht.«

»Das dachte ich auch. Darum habe ich es ja gesagt.«

Midori war einen Moment sprachlos. »Das ... war sehr nett von dir. Danke.« Sie verbeugte sich vor Katharina.

»Hey, du machst mich verlegen. Keine Verbeugungen, wir sind hier nicht in Japan.«

Sie hörten die Männer schon von Weitem. Wie eine Herde Elefanten trampelten sie durch den Wald. *Ihr entweiht meinen magischen Wald,* dachte Midori. Katharina und sie waren gut versteckt, sie würden zwar selbst nicht viel sehen, aber es bestand auch keine Gefahr, dass die Männer sie entdeckten.

Nina und Hannah kamen zuerst, ihnen folgten die beiden Männer. Der Bärtige musste um die

30 sein und sah ziemlich gut aus, er hatte dunkle Haare und einen sorgfältig gepflegten Vollbart, wie König Leonidas in dem Film *300*. Der andere war etwas älter, braun gebrannt und hatte einen Dreitagebart und blond gefärbte Haare. Das AK 47 hing lässig an einem Lederriemen über seiner Schulter. Die beiden Mädchen sahen unverletzt aus, soweit man das aus dem Versteck erkennen konnte.

»Gleich da vorne.« Nina zeigte in Richtung der toten Greta.

»Uh, das sieht ja widerlich aus«, kommentierte der Bärtige. »Wie lange ist sie denn schon tot?«

»Wir vermuten, dass sie gleich am ersten oder zweiten Tag von diesem Felsen gestürzt ist.« Warum war Nina so kooperativ?

Der Bärtige sah nach oben. »Die fette, kleine Kleber soll auf diesen Felsen geklettert und heruntergefallen sein?« Die Stimme klang skeptisch. »Naja, doof genug war sie dafür wahrscheinlich.« Er lachte.

Midori biss die Zähne zusammen. Es tat weh, die Männer so sprechen zu hören. Aber so ähnlich hatten sie auch über Greta geredet. *Und da hat sie noch gelebt.*

»Immerhin macht das unsere Arbeit einfacher.«

»Ist sie das sicher?«, fragte der andere Mann. Er sprach mit Akzent, vielleicht ein Amerikaner, vermutete Midori.

»No fucking idea.« Er ging näher an die Leiche. »Sieh dir doch das Gesicht an. Wuäh.« Er trat gegen den Körper. Es gab ein dumpfes, leicht schmatzendes Geräusch. Katharina hielt sich die Hand vor den Mund, um nicht zu schreien.

»Wir sollten die Fingerprints checken.«

»Würde mich wundern, wenn da noch etwas übrig ist. Ich fasse das nicht an. Ich sage: Sie ist es.«

»Yeah. Whatever. Sie ist es.« Der Mann winkte ab.

Hannah und Nina standen unschlüssig vor den beiden. Hannah hatte sich abgewandt.

»Sie sehen, Greta Kleber ist tot«, sagte Nina unsicher lächelnd. *Nina, verdammte Scheiße, was glaubst du, was das für Typen sind?*

»Okay … danke, Mädels«, sagte der Bärtige. *Genau mein Typ,* dachte Midori. *Hey, ich habe doch gar keinen Typ.* »Und eure Freundinnen …«, fuhr er fort.

Plötzlich krachte ein Schuss. Midori sah, wie Hannahs Kopf nach hinten gerissen wurde, dann knickten ihre Beine ein und sie brach stumm zusammen. Nina schrie auf und sank auf ihre Knie.

Der Blonde wandte sich grinsend zu dem Bärtigen um und kicherte: »Bull's Eye.« Midori warf Katharina einen Blick zu, weil sie Angst hatte, dass auch sie schreien würde. Doch sie beobachtete das Geschehen ganz ruhig.

»Bist du wahnsinnig?«, schrie der Bärtige seinen Partner an.

»Hey, die war so ugly.«

»Du Vollidiot. So kommen die anderen doch nie raus!«

Der Blonde zuckte mit den Schultern. »Die kommen hier nicht weg. Du kannst dich bedanken, dass ich dir die Drecksarbeit abnehme.«

Der Bärtige seufzte. Nina war neben Hannah zusammengesunken, wo sie vor sich hin wimmerte.

»Komm, Kleine«, forderte der Bärtige sie auf. »Mein Freund hier hat einen nervösen Finger.«

Nina blieb sitzen. »Ihr tötet mich doch sowieso.«

»Nein. Wir töten dich nicht. Wir sind nicht an dir interessiert.«

»Ich glaube dir kein Wort.« Hasserfüllt sah sie den Mann an. Midori wünschte, sie könnte Nina irgendwie helfen, aber jeder Angriff wäre Selbstmord gewesen.

»Pass mal auf. Ich verspreche dir, dass wir dich nicht töten, aber wenn ich meinem Partner ein Signal gebe, macht er mit seinem Messer Sachen mit dir, dass du dir wünschen wirst, du wärest tot.«

Der Blonde grinste und ließ ein großes Jagdmesser sehen, das in einer Scheide in seinem Gürtel steckte.

»Glaub mir, er ist da sehr erfinderisch.«

Nina sah auf das Messer, dann stand sie auf. *Gut Nina, mach, was er sagt, wir holen dich da heraus.*

Als die Männer verschwunden waren und Katharina und Midori sicher waren, dass sie nicht mehr zurückkommen, rannten sie zu

Hannah. Sie war tot. Eines ihrer ausdrucksvollen, grün-grauen Augen war weit geöffnet, die andere Augenhöhle war voller Blut, hier hatte die Kugel sie getroffen, sie musste direkt ins Gehirn eingedrungen sein. Zumindest war ihr Tod schnell und schmerzlos gewesen. Ihr Kopf lag in einer Pfütze aus Blut. *Sie musste sterben, weil ich so ein Miststück war. Wenn ich nicht so eklig gewesen wäre, hätte sie mir vertraut und wäre rechtzeitig weggelaufen.*

»Scheiße. Scheiße. Scheiße.« Midori stampfte wütend auf den Boden. »Ich bringe euch um, das schwöre ich.« Dann hielt sie inne und wischte sich mit beiden Händen über das Gesicht. »Wir haben keine Zeit«, sagte sie mit leiser, monotoner Stimme. »Wir müssen zum Strand.«

Katharina nickte. Midori war beeindruckt von der Stärke, die sie plötzlich zeigte. Sie schlichen durch das Gebüsch, wobei sie darauf achteten, den Männern und Nina nicht zu nahe zu kommen.

»Psst.« Katharina und Midori drehten sich um. Da stand Seher.

»Seher! Fuck, ich hätte Lust, dich …«, ratlos brach Midori mitten im Satz ab und sah sie zornig an. Sie ballte ihre Fäuste. Aber sie mussten zusammenhalten.

»Es tut mir leid. Ich wusste nicht, wer sie sind.« *Aber du hast es geahnt und du hast nichts gesagt.*

»Sollten wir nicht weiter? Was machen wir, wenn sie einfach abhauen?«, drängte Katharina.

Midori schüttelte den Kopf. »Kenne dich und kenne den Feind, dann wirst du in hundert Schlachten siegreich sein.« Die anderen sahen sie mit großen Augen an. »Sun Tsu, Die Kunst des Krieges.« Als Katharina und Seher sie immer noch verständnislos anstarrten, fuhr sie fort: »Sowas lernt man, wenn man sich auf Spieleforen im Internet herumtreibt. Online-Spieler labern ständig so rum. Es stimmt aber: Wir müssen erst alles wissen, bevor wir überlegen können, was zu tun ist. Also sag uns bitte, was das für Männer waren, Seher.«

»Ich weiß nicht, wer sie sind. Sie wollen Greta töten, es muss etwas mit Politik zu tun haben«, stieß sie heraus.

»Fang doch vorn vorne an.«

»Okay.« Seher holte tief Luft. »Eines Tages, es ist schon ein paar Monate her, kam Kemal nicht nach Hause. Kemal ist mein kleiner Bruder, er wird bald sieben. Ich habe natürlich sofort in der Schule angerufen, aber die wussten von nichts.« Seher fuhr sich mit der Hand über die Augen, das Geschehen schien sie immer noch zu belasten. »Ich habe die Polizei angerufen, aber die haben gesagt, ich soll erst einmal seine Freunde kontaktieren und mich melden, wenn er abends immer noch nicht zu Hause ist. Ich habe gesagt, dass er das noch nie gemacht hat, aber wen stört es schon, wenn ein kleiner Türke verschwindet? Ich bin mit Sibel sofort den Schulweg abgegangen. Wir haben alle Passanten und in jedem Geschäft auf seinem Schulweg gefragt, ob ihn jemand gesehen hat. Niemand konnte sich erinnern. Es war, als wäre er vom Erdboden verschluckt.

Als wir nach Hause gekommen sind, war er da. Er sagte, er wäre zu einem Mann ins Auto gestiegen, der einen Hund hatte und er hätte ganz lange mit dem Hund spielen dürfen. Wir haben ihn alle geschimpft. Ich habe wieder die Polizei angerufen, aber dort hat man mich beruhigt. Es sei ja nichts passiert. Wir sollten Kemal aber einschärfen, nie mit Fremden mitzugehen. Sie versprachen auch, öfter in der Nähe der Schule Streife zu fahren.«

Sie machte eine Pause und strich sich eine Haarsträhne hinters Ohr. »Ich glaube ihnen kein Wort. Am nächsten Tag erhielt ich eine Email. Darin war ein Foto von Kemal, wie er mit einem Hund spielte. Darunter stand nur: KEINE POLIZEI. WIR MELDEN UNS. Ich war völlig fertig, starrte immer wieder auf das Foto und den Text.«

»Du bist nicht zur Polizei gegangen.«

»Natürlich nicht. Was glaubst du, was die Polizei getan hätte? Sie hätten gesagt, dass das ein Scherz ist. Und selbst wenn mich die Polizei ernst genommen hätte, wie lange könnten sie uns beschützen? Es ist dann eine Woche nichts passiert und ich habe mich beruhigt. Habe angefangen, es wirklich für einen geschmacklosen Witz zu halten. Dann kam plötzlich ein Brief von dieser ›Deutsch-Türkischen Fördergesellschaft‹. Sie hätten meine Leistungen beobachtet und wollten mir als kleine Anerkennung die Kollegstufenfahrt spendieren – inklusive des Flugs auf diese Vulkaninsel.«

»Isla Negra.«

Sie nickte. »Das volle Programm. Ich hatte gleich das Gefühl, dass daran etwas faul war, aber meine Eltern waren so stolz ... mein Vater ist sofort ins Café und hat es allen seinen Freunden erzählt. Woher wusste diese Fördergesellschaft von unserer kleinen Erdkunde-Kollegstufenfahrt? Das war doch lächerlich. Aber gezahlt haben sie. Herr Kugler sagte mir, dass meine Reise bezahlt sei. Er hat sich so für mich gefreut.« Sie schluckte. »Bald darauf kam wieder eine Email: *G.K. darf von der Isla Negra nicht zurückkehren. Dann hörst du nie wieder von uns. Du hast es in der Hand, denk an deine Geschwister.*«

»G.K. ... Greta Kleber.«

Seher nickte. »Mehr weiß ich auch nicht.« *Hast du sie getötet, Seher?*, dachte Midori, aber sie sagte nichts.

»Aber – warum der Flugzeugabsturz? War das ein Unfall?« Katharina war verwirrt.

»Ich kann es mir nur so erklären, dass da jemand auf Nummer sicher gehen wollte«, erklärte Midori. »Ich vermute, der Pilot war auch bestochen. Und womöglich wurde auch er betrogen. Wie du, Seher.«

Katharina schüttelte ungläubig den Kopf. »Was sind das nur für Menschen?«

»Sie sind jedenfalls ziemlich reich. Und ich könnte mir vorstellen, dass unsere zwei Männer sie nicht einmal kennen. Die sind wahrscheinlich nur angeheuert, so wie die aussehen.«

»Killer?«

»Ich weiß nicht. Killer, Glücksritter, Aussteiger, Männer fürs Grobe. Die sind nicht politisch, du hast doch gehört, wie sie geredet haben. Eigentlich geht denen ihr Auftrag total am Arsch vorbei.«

»Warum ausgerechnet Seher?«

»Ich vermute, sie wollten eine Türkin, die hätten sie dann als Fanatikerin hingestellt, wenn es herausgekommen wäre. Eine Selbstmordattentäterin passt doch ins Bild.« Midori sah Seher an. »Du hättest natürlich in keinem Fall überlebt, eine Zeugin wäre zu riskant für sie.«

Ohne eine Gefühlsregung hielt Seher ihrem Blick stand. »Aber meine Geschwister. Sie hätten meine Geschwister in Ruhe gelassen.«

Midori riss ihre Augen auf. *Wolltest du dich opfern, Seher? Für deine Geschwister? Das kann doch nicht die einzige Lösung sein.* Sie schüttelte den Kopf, doch Seher sah sie nur stumm an.

»Aber warum das Ganze? Wofür gehen diese Leute über Leichen?«, fragte Katharina. Midori war dankbar, dass sie das Thema wechselte.

»Für Klebers Partei wäre das womöglich ziemlich gut. Viele würden sie schon aus Solidarität wählen. Also würde es jedem in der Partei nützen, vielleicht einem Rivalen Klebers? Oder ihm selbst, wenn er zur Wahl antritt«, antwortete Seher.

Midori nickte. »Ich fürchte nur, hier werden wir es nicht herausfinden. Die Frage, die für uns viel wichtiger ist: Was wollen die zwei Typen jetzt, wo sie wissen, dass Greta tot ist? Werden sie abziehen, in der Hoffnung, dass wir hier nie wegkommen? Oder ist ihnen das Risiko zu hoch?« Midori blickte in die Runde.

»Du sagst, ihnen geht ihr Auftrag wahrscheinlich am Arsch vorbei. Das denke ich auch. Sie wollen nur das Geld, gleichzeitig haben sie vermutlich Angst vor ihren Auftraggebern. Sie werden abwägen, wie hoch das Risiko ist, dass uns hier jemand lebend findet.«

»Wie hoch ist es?«, fragte Katharina tonlos.

»Wenn sie wissen, dass es Süßwasser auf der Insel gibt und sie die Sache mit den Vogeleiern hören, ist die Chance relativ gut, dass wir hier ein paar Wochen überleben.« Sehers Stimme klang so nüchtern, als stünde sie im Matheunterricht vor der Klasse und spräche über eine abstrakte statistische Wahrscheinlichkeit. »Dazu kommt die Signalpistole. Solange sie nicht wissen, dass wir keine Signalmunition mehr haben, erhöht das signifikant unsere Chance, gerettet zu werden.«

»Das müssen wir zu unserem Vorteil nutzen.« *Da hat wohl jemand zu viel Sun Tsu-Zitate gelesen, du Angeberin.* »Wenn wir wollen, können wir uns hier ganz schön lange verstecken.«

»Irgendwann werden sie uns kriegen.«

Midori legte zweifelnd den Kopf schräg. »Sag das nicht. Außerdem müssen sie ganz schön unter Druck stehen. Sie wissen, dass wir eine Sigpi haben ...« Ein Gedanke begann sich in ihrem Kopf zu formen.

»Nina oder Hannah könnten ihnen erzählt haben, dass wir keine Munition mehr haben.«

Verdammt, da hatte sie recht. Midori knabberte an ihrer Unterlippe. »Hat jemand eine Idee?« *Tu nicht so, als hättest du eine Idee, Midori. Was du hast, ist keine Idee, sondern ein Plan zum sicheren*

Selbstmord. Sie sah in die Runde. »Dann müssen wir es wagen. Für Nina.«

»Nina … ich möchte mir lieber nicht vorstellen, was sie mit ihr machen.« Betretenes Schweigen.

»Los, Mädels. Zeit, ihnen mal richtig in den Hintern zu treten.« *Markige Worte, kleines Mädchen. Du weißt schon, dass du nicht Bruce Willis bist, oder?*

»Wo ist eigentlich die Signalpistole?« Erschrocken sahen sich die Mädchen an. *Fuck.*

Vom Gebüsch aus beobachteten sie ihr altes Lager. Lange lagen sie da, weil Midori damit rechnete, dass die Männer ihnen einer Falle stellten. Oder ihr eigenes Quartier in der Nähe aufgestellt hätten.

Erst als sie mindestens eine Viertelstunde gewartet hatten, wagte Midori sich heraus. Wenn einer der Männer sie erwischte, hatten sie ausgemacht, würden sie in verschiedene Richtungen laufen. Sie hatten vor, sich in diesem Fall wieder auf der Lichtung zu treffen, auf der es Wasser gab.

Eigentlich wollte Seher gehen und die Signalpistole holen, sie hatte vermutlich ein schlechtes Gewissen. Aber Midori konnte sie überreden, sie gehen zu lassen, schließlich war sie die schnellste der Drei.

So lang es ging, hielt sich Midori im Schutz der Felswand auf. Ihr Herz klopfte bis zum Hals. Sie drückte sich gegen den warmen, von der Sonne aufgeheizten Stein und überlegte, wo man sich verstecken könnte.

Vom Meer drohte keine Gefahr, den Außenborder der Männer würde sie lange vorher hören.

Wenn sie in der nächsten Bucht lauerten, würde sie rasch zurück ins Wäldchen laufen. *Wenn auch nicht so schnell wie eine Kugel.*

Und wenn sie genau damit rechneten? Wenn einer im Gebüsch oberhalb des Strands lauerte und der andere in der benachbarten Bucht? *Dann werde ich eben verdammt noch mal improvisieren.*

Das Lager sah aus, als hätten sie es gerade erst verlassen, nichts deutete darauf hin, dass die Männer hier gewesen waren. *Das kann natürlich auch ein Trick sein.*

Das Feuer glimmte noch, aber es würde bald ausgehen, wenn niemand etwas nachlegte. Sie widerstand dem Reflex, ein paar trockene Äste darauf zu legen.

Sie sah sich um und hatte einen Moment Panik, als sie die Signalpistole nicht fand. Dann entdeckte sie die Waffe, halb vom Sand zugedeckt, aber dank ihrer leuchtend roten Farbe dennoch gut zu erkennen. Erleichtert nahm sie sie an sich.

Im Vorbeigehen griff sie noch schnell eine mit Wasser gefüllte Cola-Flasche, dann eilte sie zurück zu Seher und Katharina.

»Schaut mal, das ist doch Seher.« Hannah zeigte auf das Mädchen, das auf der anderen Seite der Straße ging, ein etwa zehnjähriges Mädchen und einen Jungen von sechs oder sieben Jahren im Schlepptau. Energisch nahm sie die Hand des Jungen, als sie am Straßenrand stehen blieben und warteten, bis die Ampel auf grün schaltete.

Nina blickte lässig über den Rand ihrer Ray Ban Sonnenbrille und zog an dem Strohhalm, der in einem gewaltigen Becher Eiskaffee mit Erdbeer-Aroma steckte. »Hat sie uns gesehen?«

»Selbst wenn, sie kümmert sich ja nie um uns«, kommentierte Midori. Sie gähnte und sah in die andere Richtung. »Hey, da ist ja Tom. Und zwei seiner Spacken.«

Nina nahm die Sonnenbrille ab und lächelte. »Das wurde auch Zeit.«

»Hast du die etwa hierher eingeladen?« *Auch das noch. Bitte, versuch nicht, uns zu verkuppeln.* Sie warf einen genervten Blick zu Hannah, aber die beachtete sie nicht, sondern strahlte die jungen Männer an. *Okay, ich revidiere meine Aussage. Bitte versuch nicht, mich zu verkuppeln.*

»Also, ich finde die beiden anderen eigentlich ganz süß.« Hannah nahm einen Schluck von ihrem Milchshake. *Klar Hannah, der Typ, den du nicht süß findest, muss erst noch erfunden werden.*

Tom beugte sich zu Nina herunter und küsste sie lange und intensiv zur Begrüßung, dann nahmen alle Platz. Die Jungs zogen sich Stühle von den Nachbartischen heran und setzten sich zwischen die Mädchen. *Ich will hier raus,* dachte Midori. Sie lächelte die beiden kurz an, einmal links und einmal rechts. *Das war jetzt genug Höflichkeit, oder?*

»Bist du … du bist aus China oder so, nicht wahr?«, fragte der Junge links neben Midori. *Irgendwie süß, wie unbeholfen er versucht, Konversation zu machen.*

»Nein, wie kommst du darauf?« Midori sah ihn mit großen Augen an. »Ich komme aus Düsseldorf.«

»Na, ich dachte …« Hilflos zuckte er mit den Schultern und sah sie an. *Jetzt wird er auch noch rot.*

»Ich glaube, ich verstehe nicht ...« Midori run-zelte die Stirn und warf ihm einen auffordern-den Blick zu.

»Naja, du weißt schon, du siehst irgendwie so ...«, druckste er herum.

»Schlitzaugen? Glatte Haare? Platte Nase?« Midori sah, wie Tom sie von der anderen Seite des Tischs angrinste. Ihm schien das Ganze Spaß zu machen.

»Ja, nein, so meine ich das doch nicht ...« Er konnte einem beinahe leidtun, wie er sich so wand.

»Wie meinst du es denn?«

»Ich wollte doch nur ...«

Midori seufzte und atmete tief durch. Dann wandte sie sich dem jungen Mann auf der anderen Seite zu. »Möchtest du auch etwas fragen?«

»Ich glaube nicht, du hast mir eine zu spitze Zunge.« *Kluges Bürschchen.* Sie bemerkte, wie Hannah, die auf der anderen Seite saß, ihr einen hasserfüllten Blick zuwarf. *Keine Angst, ich werde ihn dir schon nicht ausspannen. Du kannst sie haben, alle beide.*

»Und jetzt?« Midori leckte sich über die Lippen und sah ihn von unten an.

»Äh …« Hilfesuchend sah er Tom an, der gegenüber saß, doch von dem war anscheinend keine Unterstützung zu erwarten.

»Du könntest mich fragen, ob du mich mal zum Kaffee einladen darfst.«

»Äh, … ja. Genau.« Der junge Mann schwankte zwischen Glück und Verunsicherung.

Midori trank ihren Cappuccino aus. »Hiermit geschehen, vielen Dank für den Cappuccino.« Sie klopfte ihm auf die Schulter. »Bis Morgen, Nina und Hannah.«

Sie warf einen prüfenden Blick zu Nina, sie war doch nicht etwa sauer? Nein, Tom flüsterte ihr etwas ins Ohr und sie kicherte. Ohne sich umzusehen, ging Midori zu ihrem Fahrrad und fuhr davon.

Tom sah Midori nachdenklich nach.

NACHT

Die Männer hatten direkt am Strand ein kleines Zelt aufgebaut. Einer saß, das Gewehr auf dem Schoß, vor einem Lagerfeuer und rauchte eine Zigarette. Der andere war drinnen mit Nina beschäftigt, wie man hörte. *Diese Arschlöcher vergewaltigen sie.* Sie zitterte und zwang sich, ruhig zu atmen. *Das ist jetzt egal. Ich muss ganz cool bleiben.*

Das Boot war ein Stück auf den Strand hochgezogen. Midori fragte sich, wie schwierig es wäre, es ins Wasser zu schieben. Wie startete man eigentlich einen Außenbordmotor? Gab es da einen Zündschlüssel? Doch langsam, einen Schritt nach dem anderen.

Es gelang Midori, sich im Schutz des Zelts anzuschleichen. Dann stand sie auf und richtete die Signalpistole auf das Zelt. Der Mann am Lagerfeuer, es war der Bärtige, riss seine Waffe hoch, schoss aber nicht.

»Ihr fühlt euch wohl sehr sicher, was?«, sagte Midori. Sie hörte einen unterdrückten Fluch aus dem Zelt, dann wurde es still. Anscheinend hatte der andere Mann sie auch gehört. Umso besser.

»Bevor einer von euch etwas Dummes tut, möchte ich euch darauf hinweisen, dass eine Signalpistole auf das Zelt gerichtet ist. Falls ihr es nicht wisst – das Magnesium darin verbrennt mit siebentausend Grad und lässt sich mit herkömmlichen Mitteln nicht löschen. In Sekundenbruchteilen brennt euer Zelt lichterloh. Das Polyester wird schmelzen und sich als brennende, klebrige Hülle um euch legen. Kein schöner Tod. Vielleicht habt ihr auch Glück und erstickt vorher.« Sie wandte sich an den Mann am Lagerfeuer, »Oder ich mache dich zur Fackel. Habt ihr die verkohlte Leiche schon gefunden? Nein?« Als der Mann nicht reagierte, fuhr sie fort: »Macht nichts, ich führe es euch gerne persönlich vor, wie glühend heißes Magnesium auf Menschen wirkt. So etwas habt ihr noch nicht gesehen.«

»Und deine Freundin? Sie würde auch sterben, wenn du das Zelt triffst.«

»Meine Freundin? Sehe ich so aus, als wäre dieses Zuckerpüppchen meine Freundin?«

Der Mann musterte sie. »Nein, das tust du nicht«, grinste er und zeigte seine strahlend weißen Zähne. *Verdammt, der sieht gut aus,* dachte Midori. *Ich werde euch töten.*

»Was ist los?«, fragte der andere aus dem Zelt.

»Shut up«, rief der Bärtige und wandte sich wieder Midori zu. »Und wenn ich dich einfach erschieße?«

»Dann wirst du entweder zur Fackel oder nicht. Je nachdem, ob ich es noch schaffe, meinen Finger zu krümmen. Willst du's riskieren?«

Der Bärtige wandte sich zum Zelt. »Hey, Titte, da steht so ein Schlitzauge mit einer Waffe. Kennst du die?«

Nina kreischte von innen: »Scheiße, das ist Midori, die ist 'ne Psychopathin« *Gut, Nina, sehr gut,* dachte Midori.

»Halt's Maul Fotze, mich juckt's im Finger«, sagte sie ruhig zum Zelt gewandt, dann erklärte sie dem Bärtigen mit einem Kopfschütteln: »Sie übertreibt.«

Der Mann sah sie beinahe anerkennend von oben bis unten an. Midori wurde bewusst, dass sie bestimmt einen ziemlich armseligen Eindruck machte, sie trug ja nicht einmal eine Hose. »So, so. Du scheinst ja ein richtiger

Satansbraten zu sein. Und was hast du jetzt vor?«

»Du wirst Nina gehen lassen.«

»Das *Zuckerpüppchen* Nina?«

»Hör mal, ich habe nicht die ganze Nacht Zeit. Vielleicht drücke ich auch einfach ab und erschieße dich. Mir egal, ob ich dabei draufgehe.«

»*Die* hat Greta *umgebracht*!«, schrie Nina aus dem Zelt. *Nina, du bist ein Schatz.*

»Schnauze da drin. Wenn du mir auf den Sack gehst, bist du die Nächste.«

»Du hast Greta Kleber getötet?« In der Stimme des Mannes schwang Unglauben. »Das war also kein Unfall?«

»Doch, ein Unfall. Und wenn du meine Geduld noch weiter strapazierst, passiert hier gleich noch ein Unfall.«

Der Mann grinste breit und deutete auf das Zelt. »Warum willst du sie?«

Midori seufzte ungeduldig. »Sagen wir es einmal so: Ich stehe irgendwie auf die Kleine. Keine leckt besser.« *Ich klinge so glaubhaft wie*

Katherine Hepburn, die sich in einer Screwball Komödie als Gangsterbraut ausgibt.

»Aha«, sagte der Mann. *Anscheinend nimmt er mir das ab. Verdammt, er nimmt es mir ab! Ich weiß nicht, ob ich mich freuen oder beleidigt sein soll.*

»Ich verschwinde, du wirst mich nie wieder sehen. Wir bleiben hier auf der Insel, denn ich habe keine Lust auf Knast.« *Das nimmt er mir nie ab. Nie und nimmer.*

Der Mann nickte langsam und wandte sich zum Zelt. »Das Mädchen soll rauskommen.«

»Ich bin aber noch nicht fertig«, rief der Mann von drinnen.

Der Bärtige schloss seine Augen, wartete ein paar Atemzüge, dann brüllte er: »Das ist mir scheißegal!«

Kurz danach öffnete sich zögerlich der Reißverschluss des Zelts. Midori sah zum Eingang. Im flackernden Licht des Lagerfeuers erkannte sie Ninas blondes Haar. Sie versuchte, ihr ins Gesicht zu sehen, um zu erkennen, wie es ihr ging. Doch es lag im Schatten.

Diesen Moment nutzt der Bärtige aus. Er sprang auf Midori zu und kickte ihr mit einem gezielten Fußtritt die Signalpistole aus der

Hand, die in weitem Bogen davon flog. Aber auch die Mädchen waren vorbereitet. Denn gerade in diesem Augenblick kam Katharina aus dem Dunkel und schlug mit einem Ast auf den Mann ein. Im Augenwinkel sah Midori Seher, dann nahm sie gerade noch wahr, wie der Kolben der Kalaschnikow sie an der Schläfe erwischte und es wurde schwarz um sie.

Als sie wieder zu sich kam, lag sie mit dem Gesicht im Sand. Sie blieb liegen, um zu lauschen. Sie hörte, wie die Wellen friedlich auf den Strand rollten, doch sonst vernahm sie nichts.

Vorsichtig hob sie den Kopf. Es war immer noch Nacht. Sie lag neben dem Feuer und schien allein zu sein. Sie stand auf und betastete sich die Schläfe. Das würde ein schöner blauer Fleck werden. Der Strand war verlassen. Plötzlich hörte sie eine Gewehrsalve, einen kurzen Feuerstoß. Das klang weit weg. Midori vermutete, dass die Mädchen weggelaufen waren und die Männer sie verfolgten. *Ich wünsche euch alles Gute. Wenn diese Arschlöcher euch was tun, bringe ich sie um. Auch den Hübschen.*

Sie ging zum Zelt und sah hinein. Bis auf zwei Schlafsäcke war es beinahe leer. Halt, neben dem Eingang lag etwas, ein langes Messer in einer ledernen Scheide. *Das gehört dem Blonden. Jetzt nehme ich das besser.*

Schnell schlüpfte sie wieder nach draußen. Sie lief zum Boot und warf das Messer hinein. Wenn sie es nur irgendwie ins Wasser bekäme. Die Männer hatten es herumgedreht, sodass die Spitze auf das Meer gerichtet war. Immerhin schien jetzt Flut zu sein, sanfte Wellen leckten bereits am Bug. Sie musste es versuchen. Sie löste das Seil, mit dem das Heck des Boots an einem Pflock festgebunden war. Das war der einfache Teil. Dann schob sie das Boot von hinten, doch es rührte sich keinen Millimeter. *Beweg dich, Scheißding.*

Sie ging um den Bug herum ins Meer und zog am Boot. Das Wasser reichte ihr bis über die Knie. Stieg der Wasserspiegel noch weiter oder sank er? *Jedenfalls kann ich nicht warten, bis die Flut kommt.*

Ein Seil lief um das ganze Boot herum, sodass man es gut greifen konnte. Sie zog mit aller Kraft und schließlich setzte sich das Boot in Bewegung und rutschte eine Handbreit über den Sand. Sie fiel rückwärts auf ihren Hintern ins Wasser und stand schnell wieder auf. Jetzt ging es leichter. Nachdem sie ein paar Mal gezogen hatte, schwamm das Boot auf dem Wasser.

Sie gab dem Boot einen Schubs und zog sich über die Reling. Dann kroch sie zum Außenbordmotor. Das Boot schwankte im flachen Wasser. Der Motor war nach oben geklappt, aber nach einigen Versuchen gelang es ihr, ihn so nach hinten zu kippen, dass die Schraube ins Wasser ragte. *Das sieht doch schon mal gut aus.*

Sie entdeckte ein Startseil und zog kräftig daran, doch der Motor sprang nicht an. Sie sah eine Bewegung am anderen Ende des Strands. *Sei ein lieber Motor und spring an! Eine meiner Tanten in Japan heißt auch Suzuki, wir sind sozusagen Familie.* Sie zog wild Hebel und drückte Knöpfe, dann zog sie wieder am Startseil. Der Motor blubberte einmal, dann verstummte er. Midori hörte Stimmen, Männerstimmen.

Bestimmt sahen die Männer sie bereits. Sie zog einen anderen Hebel und versuchte noch einmal zu starten. *Yeah!* Mit einem Brummen erwachte der Motor zum Leben. Das Boot schob nach vorne. Gegen den hellen Strand konnte sie schwarze Gestalten ausmachen. Midori lenkte das Schlauchboot weg von den Männern, die auf dem Strand zu ihr rannten, und steuerte auf eine Landzunge zu. Einer der Männer schoss, sie sah das Mündungsfeuer und hörte kurz darauf die Schüsse. Midori zog den Kopf ein. *Die AK 47 ist nichts für weite Entfernungen, dafür ist sie zu ungenau. Jungs, ihr solltet wirklich mehr Computerspielen.*

Sie erreichte die Spitze der Landzunge und lenkte das Boot scharf herum, sodass sie vom Ufer nicht mehr zu sehen war. Einen Moment blieb ihr fast das Herz stehen, als Sand unter dem Boot knirschte, weil sie befürchtete, zu stranden, aber sie hatte genug Schwung und die Fahrt ging problemlos weiter.

Vielleicht hatten die Männer auch absichtlich danebengeschossen, weil sie das Boot nicht beschädigen wollten. Hatten sie die Mädchen bei sich gehabt? Midori hatte sie nicht gesehen, aber es war auch schon dunkel.

Als sie außer Sichtweite war, dachte Midori nach. *Was jetzt? Soll ich zur nächsten Insel fahren und die Küstenwache oder die Polizei holen? Ich weiß ja nicht einmal, in welcher Richtung die nächste bewohnte Insel liegt. Und bis Afrika oder Amerika ist es noch weit. Außerdem lasse ich die anderen nicht im Stich. Auf keinen Fall.*

Sie fuhr noch etwas weiter, dann stellte sie den Motor aus. Im Boot lagen zwei Ruder, damit ruderte sie noch ein Stückchen. Sie wollte nicht meilenweit gehört werden. Sie paddelte das Boot an eine Steilküste und verknotete das Ankerseil mit einem Felsen. *Wenn das mal hält.* Mit Mühe gelang es ihr, das schwankende Boot zu verlassen und sich an die Felswand zu klammern. Dann hangelte sie sich quer zur Wasserlinie an der Wand entlang. *Ich bin ein Gecko. Ich klebe einfach an der Wand.*

Sie nahm das große Messer zwischen die Zähne. *Har, har, den Landratten werde ich's schon zeigen.* Am Rand der Felswand wuchs dichtes Gestrüpp und Midori versteckte sich dort und legte sich hin. Während sie noch überlegte, was sie als Nächstes tun sollte, übermannte der Schlaf sie.

Midori löste das Kettenschloss und wuchtete ihr altersschwaches Fahrrad von der Halterung. Sie hoffte, dass nicht wieder die Kette heraussprang, wie am Vortag, als sie deswegen den halben Nachhauseweg zu Fuß hatte gehen müssen. Ihr Vater hatte ihr zwar versprochen, dass er irgendetwas eingestellt hatte und jetzt nichts mehr passieren könne, aber er hatte eben auch zwei linke Hände. *Wahrscheinlich ist es jetzt kaputter als vorher.*

»Buh!«, sagte jemand hinter ihr. Es war Tom, Ninas Freund.

Lächelnd drehte Midori sich um. »Nina ist schon weg. Ihr Vater hat sie abgeholt, weil sie zu einem Casting oder so muss.«

Er ging an ihr vorbei und stellte sich vor das Fahrrad. »Ich weiß.« Das Lächeln in ihrem Gesicht gefror. *Oh nein, was wird das hier?*

Midori schwang sich auf ihr Rad. »War nett, mit dir zu plaudern. Na dann, bis Morgen.«

Tom stellte sich ihr in den Weg, nahm das Vorderrad zwischen die Beine und den Lenker in die Hände. »Warum denn so eilig?«

»Äh, ich muss noch für Latein lernen. Wir haben übermorgen Klausur.«

»Denkst du immer nur an tote Sprachen? Was ist denn mit den Lebenden?« Man musste ihm lassen, dass er verdammt gut aussah. Sportliche, geradezu athletische Figur, blaue Augen, kurze, dunkle Locken und immer dieses freche Grinsen.

»Du meinst die lebenden Sprachen? Mist, Englisch muss ich auch noch machen, hast recht.«

Statt einer Antwort lächelte er sie nur an.

Sie seufzte. »Du hältst dich wohl für unwiderstehlich, was?«

»Und wenn ich dir sage, dass ich mich verliebt habe?« *Ach nein, tatsächlich? An den Sprüchen musst du aber noch arbeiten.*

»Dann solltest du dir genau überlegen, in *wen*. Dir ist schon klar, dass Nina meine beste Freundin ist, oder?«

»Nina ... wer ist schon Nina ...?« Er kam jetzt ganz nahe heran und beugte sich vor. *Will er mich etwa küssen? Jetzt und hier?* Mit einem Ruck zog Midori das Fahrrad zurück, dann wendete sie es und stieg auf.

Tom stand ganz verdattert da und sah ihr nach. Midori stellte einen Fuß aufs Pedal und sah ihn ernst an. »Vergiss es, ja? Vergiss es einfach.«

TAG 8

Am nächsten Morgen brauchte Midori ein wenig Zeit, um sich zu orientieren und die Ereignisse der letzten Nacht ins Gedächtnis zu rufen.

Ich bin allein und habe ein Messer. Die sind zu zweit und haben ein Sturmgewehr. Wahrscheinlich haben sie die Mädchen auch. Aber ich habe das Boot und ohne Boot kommt hier niemand weg. Ich habe also etwas, was die Männer unbedingt haben wollen. Das muss ich ausnutzen. Kamerad Sun Tsu hätte seine helle Freude mit mir.

Moment noch, du Kriegsgöttin. Was ist, wenn sie Hilfe anfordern? Sie werden doch ein Funkgerät haben. Nein. Irgendetwas sagte ihr, dass die Männer nicht so schnell nach Hilfe rufen würden, weil sie nicht mit ein paar Mädchen fertig würden.

Midori hatte bis zum späten Nachmittag gewartet. Sollten die Männer sich ruhig fragen, ob sie mit dem Boot weggefahren war. Sie spähte durch das Unterholz.

Die Männer saßen vor dem Zelt, von den Mädchen sah sie keine Spur. Waren sie im Innern des Zelts – oder tot? Oder waren sie entkommen? Midori nahm das Messer aus der Scheide. Es glänzte in ihrer Hand, als sie es hin- und herschwang. Es fühlte sich gut an, schwer und scharf. Das war kein Spielzeug, das war ein Werkzeug zum Töten. Ob der Mann schon jemanden damit umgebracht hatte? Ein Schauer lief über ihren Rücken.

Dann legte sie die scharfe Schneide auf ihren Hals und trat in das gleißende Sonnenlicht.

Die Männer sahen sie sofort und warteten auf sie. Sie hatten wohl gerade gegessen, es roch nach Baked Beans und Speck. Midori zitterte vor Aufregung. *Ich bin ein Samurai. Ich bin mein Urgroßvater und ich gehe lächelnd meinen Feinden entgegen. Ich fürchte den Tod nicht, denn wer den Tod nicht akzeptiert, darf nicht in die Schlacht ziehen.*

Sie zwang sich zu einem Lächeln. *Sicher sehe ich aus wie eine Wahnsinnige. Naja, das wäre doch ganz gut, oder?*

»Die Verrückte ist wieder da«, kommentierte der Bärtige. Diesmal hatte der andere das

Gewehr in der Hand. Das passte Midori nicht, der Blonde schien ihr viel unbesonnener.

»Nicht schießen,« wandte sich der Bärtige an seinen Kameraden, »nur sie weiß, wo das Boot ist.«

»Sehr richtig. Hör auf deinen klugen Freund. Ohne mich findet ihr das Boot nie. Die Insel wimmelt von Höhlen und Felsspalten, ihr könntet das Boot hier jahrelang suchen.«

»Hunger?«, fragte der Bärtige und zeigte auf einen Alutopf, der mit roten Bohnen gefüllt war. Midori lief das Wasser im Mund zusammen.

»Nein, danke. Ich muss auf meine Linie achten. Wo sind die Mädchen?«

»Du bist nicht so irre«, sagte der Bärtige, eher zu sich selbst. »Du glaubst, du hast eine Chance.«

»Wo sind die Mädchen?«

»Was willst du mit dem Messer?«

»Meine Versicherung. Ein Schnitt in meine Halsschlagader und ich werde euch nie wieder etwas erzählen. Dann werdet ihr nie erfahren, wo das Boot ist.«

»Du würdest dich umbringen?«

»Wenn es nötig ist.«

»Sie blufft«, sagte der Blonde. »Wie mit der Signalpistole.«

Midori fuhr zu ihm herum. »Probier's aus, wenn du gerne deinen Lebensabend hier verbringen willst.«

»Weißt du«, begann der Bärtige und nahm einen Löffel mit Bohnen in den Mund, »ich habe die Erfahrung gemacht, dass am Ende Alle um ihr Leben winseln. Ist schon komisch, die meisten tun alles, nur um ihr Leben um ein paar Minuten zu verlängern. Sie verraten jedes Geheimnis, liefern Freunde, Familie, ja sogar ihre Kinder aus.«

»Ich bin aber nicht die meisten.«

Der Mann sah sie prüfend an. »Ja, vielleicht.« War das etwa Bewunderung in seinen Augen? *Mensch Midori, du hast wieder ein Herz gebrochen.*

»Wo sind die Mädchen?«

»Im Zelt.«

»Sie sollen herauskommen.« Der Bärtige nickte dem Blonden zu und der öffnete den Eingang zum Zelt. Langsam kamen Katharina, Nina und

Seher aus dem Zelt gekrochen. Sie hatten rote Gesichter und ihre Kleidung war nassgeschwitzt, drinnen musste es unerträglich heiß sein. Midori achtete darauf, dass keiner der Männer ihr zu nahe kam. Diesmal würde sie sich nicht übertölpeln lassen. *Aber werde ich wirklich zustechen, wenn es darauf ankommt?*

»Lasst die Mädchen gehen. Ich führe euch zum Boot. Dann haut ihr ab, wir bleiben hier. Ihr wisst, wir haben keine Signalmunition mehr. Falls wir hier jemals wegkommen, dann sicher nicht so schnell.«

»Die blufft doch ...«, sagte der Blonde wieder und sah den Bärtigen an.

»Fuck, du kennst doch die Japsen. Harakiri, Kamikaze und sowas. Und überhaupt - was soll passieren? Glaubst du, sie greift uns an?«

»Der größte Sieg ist der, der ohne Kampf erreicht wird.«

»Sun Tsu«, sagte der Bärtige anerkennend. »Hab mich allerdings selten dran gehalten.«

»Lasst jetzt die Mädchen gehen.«

»Erst das Boot.«

»Nein. Ich bleibe bei euch, ich zeige euch das Boot. Das muss genügen.«

Er seufzte. »Ich hätte dich gestern erschießen sollen. Dachte mir, dass du nur Ärger machst.«

»Späte Erkenntnis«, sagte Midori mitfühlend. »Wie sieht's jetzt aus? Ich habe nicht die ganze Nacht.«

Der Bärtige machte eine Handbewegung in Richtung der Mädchen, ganz so, als wolle er sie wegwischen. Stumm gingen sie vorbei. Im Augenwinkel sah Midori die ihr zugewandten Gesichter, aber sie konzentrierte sich auf die Männer. *Diesmal lasse ich mich nicht ablenken.* »Ihr geht vor. Da lang, weiter links.«

Als die beiden Männer vor ihr gingen, fühlte Midori sich sicherer. Sie sah, dass die Mädchen am Rand des Strands standen. Katharina winkte schüchtern und Midori hätte gern zurückgewinkt, aber sie wagte es nicht. *Ich muss wachsam bleiben, die Typen sind zu allem fähig. Der eine hat Hannah getötet, ohne mit der Wimper zu zucken.*

Es ging über Stock und über Stein und immer wieder musste Midori den Männern sagen, wohin sie gehen sollten. *Was passiert eigentlich, wenn ich stolpere und mir das Messer versehentlich in den Hals ramme? Dann sitzen die Männer und die Mädchen hier ewig fest. Nein,* verbesserte sie sich, *fällst du jetzt schon auf deine eigenen Lügen rein? Früher oder später würden sie das Boot finden. Eher früher, denn so groß oder so unübersichtlich ist die Insel nicht.*

Ihr Arm wurde müde, gerne hätte sie das Messer heruntergenommen, aber sie wagte es nicht, weil sich die Männer immer wieder umdrehten. So stützte sie den rechten Arm mit dem linken ab. Schweiß stand auf ihrer Stirn und sie war wieder furchtbar durstig.

»Jetzt ist es nicht mehr weit.« Midori deutete mit dem Kopf nach vorn. Sie standen auf einem Kliff, ein paar Meter unter ihnen spülten die Wellen sanft an die Felsen.

»Da?« Der Bärtige deutete auf die steile Felswand, die von oben nur schwer einzusehen war.

»Ja, dort unten habe ich das Boot festgemacht. Man kann sich an der Felswand entlang nach unten hangeln.«

Misstrauisch sah der Blonde in den Abgrund. »Wenn das ein Trick ist …«

»Es ist kein Trick. Wir haben einen Deal, oder?«

Der Bärtige nickte abwesend. »Du gehst und siehst nach«, befahl er seinem Kompagnon. »Ich bleibe hier mit dem Mädchen. Gib mir die Waffe.«

Es war deutlich sichtbar, dass es dem Blonden widerstrebte, das Gewehr abzugeben, doch er fügte sich. Der Bärtige nahm die AK 47 und überzeugte sich, dass sie gespannt war. Midori beobachtete ihn genau. War sie entsichert? Wo sah man das bei einer Kalaschnikow? *Verdammt, in meinen Computerspielen muss man keine Waffe entsichern oder spannen. Und das Nachladen habe ich auf die rechte Maustaste gelegt.*

Der Blonde warf Midori einen Blick zu, den sie nicht einordnen konnte, dann kletterte er rückwärts die Felswand hinunter.

Der bärtige Mann ging einen Schritt näher zum Abgrund, um hinunterzusehen. Midori tat betont desinteressiert und bewegte ihren Kopf hin und her, als wolle sie ihren verspannten Nacken lockern.

Jetzt oder nie – Mid'ri, mach rein das Ding! Ich bin ein wilder Stier. Nichts kann mich aufhalten. In einer einzigen gleitenden Bewegung nahm sie das Messer vom Hals und hielt es auf Bauchhöhe nach vorn, ohne Anlauf rannte sie mit aller Kraft gegen den Mann. Während sie mit ihm zusammenprallte, wurde die Luft aus ihren Lungen gedrückt. Sie führte mit dem Messer einen Hieb von unten nach oben durch, doch die Klinge blieb irgendwo hängen. Eine kurze Gewehrsalve zerriss die Stille. Dann fiel die Kalaschnikow zu Boden, dann ergriff er sie.

Midori stöhnte, der Mann war mindestens doppelt so schwer wie sie, wie hatte sie nur annehmen können, dass sie ihn umwerfen konnte? Ihr Schwung war weg, jetzt zählte nur die bloße Körperkraft. Verdammt schlechte Karten also. Sie sah nach oben, sein Gesicht war direkt über ihr. Er sah sie verwirrt an. Sie spürte, wie seine Arme sich um sie schlossen. Wenn er sie erst einmal festhielt, würde sie sich nie befreien können.

Verzweifelt drückte sie sich mit den Beinen vom Grund ab, sprang nach oben. Nun hatte sie keinen Bodenkontakt mehr, dafür waren ihre Gesichter auf gleicher Höhe. *Ich könnte ihn küssen.* Sie öffnete den Mund, schob ihren Kopf nach vorn. Sie bekam etwas zwischen die Zähne. Das musste seine Nase sein. Mit aller Kraft biss sie zu, bis sie warmes Blut schmeckte. Sie spürte, wie ihre Unterlippe aufplatzte, aber sie ließ nicht los. Der Mann schrie, die

Umklammerung der kräftigen Arme ließ nach, als er versuchte, die Furie von sich wegzustoßen. Sie versuchte nochmals, mit dem Messer zuzustechen und schob es hin und her, doch es hing irgendwo fest, vielleicht an seinem Gürtel.

Plötzlich verlor der Mann das Gleichgewicht und fiel nach hinten, den Abgrund hinunter. Midori fiel mit ihm, lag auf ihm, als beide ins Wasser fielen. Irgendwie kam sie in einer Wolke aus Luftblasen wieder an die Oberfläche. Sofort stellte sie sich auf ihre Füße, sah sich um. Das Wasser war nicht tief hier. Hektisch sah sie sich um. Der Bärtige trieb neben ihr, er lag auf dem Rücken. Seine Augen waren geschlossen und seine Nase war schrecklich zugerichtet. War er tot?

Midori sprang auf ihn zu. Sie nahm seinen Kopf von oben in beide Hände und drückte ihn unter Wasser. Sie sah, wie er unter Wasser seine Augen aufschlug. Er strampelte mit den Beinen, suchte Halt, doch Midori trat seine Beine immer wieder weg. *Das ist für Hannah.* Wild schlug er mit den Händen nach ihr und zerkratzte ihr Gesicht mit den Fingernägeln, doch Midori drückte mit zusammengepressten Lippen immer weiter. *Das ist für Nina.* Schließlich wurden seine Bewegungen schwächer. Sein Blick war jetzt nicht mehr wütend, sondern eher verzweifelt, schließlich bittend.

Es tut mir leid. Ich muss es tun. Ich muss wieder töten, um zu überleben. Midori weinte, als er schließlich erschlaffte. Seine Augen erstarben. Sie drückte ihn noch eine Weile unter Wasser, dann ließ sie ihn los. Er trieb ruhig auf dem Wasser, mit weit geöffneten Augen und die Haare schwebten um ihn herum. *Killerinstinkt,* dachte sie bitter. *Jetzt bin ich eine Mörderin. Egal, was er getan hat, das war Mord.*

Sie hörte eine Gewehrsalve und das Wasser neben ihr spritzte auf. Sie sah nach oben. Der Blonde zielte mit der AK 47 über den Abgrund. Midori tauchte schnell unter und floh zum Ufer, in den Schutz der Felswand. Einige Minuten später kamen die Schüsse von einer anderen Seite, er ging wohl hin und her, um sich in eine gute Schussposition zu bringen, doch unter der überhängenden Wand erreichte er sie nicht. Der Blonde wagte anscheinend nicht, hinunterzuklettern, vermutlich fürchtete er, Midori könne ihm mit dem Messer auflauern.

Mit klappernden Zähnen wartete Midori, bis die Dunkelheit hereinbrach.

Als sie sicher war, dass sie lange nichts mehr gehört hatte, kletterte sie an der Wand entlang. Jeder Knochen tat ihr weh, sie fror erbärmlich und sie hatte Hunger und Durst. *Ich gehe noch ein bisschen weiter, dann lege ich mich zum Sterben unter eine Eiche. Oder unter einen Lorbeerbaum, das ist noch schöner.*

»Midori, du bist langweilig«, schimpfte Tom über den Lärm der Musik hinweg. Langsam fiel die Tür hinter ihm zu. »Warum gehst du denn schon?« Jetzt drang nur noch gedämpfte Musik vom Pool herauf, wo sich die anderen bei Bier und Cocktails vergnügten.

»Du weißt doch, dass ich langweilig bin. Außerdem muss ich morgen früh raus, wir fliegen doch.«

»Ach das ... aber geht der Flug nicht erst abends?«

»16 Uhr. Aber wir müssen erst noch zum Hafen kommen, wo unser quietschgelbes Wasserflugzeug auf uns wartet.«

»Und euch auf den öden Brocken bringt.«

»Camping auf einer neu entstandenen Vulkaninsel. Außer uns waren da nur eine Handvoll Leute.« Es erschien Midori immer noch wie ein Wunder, dass ihre Eltern ihr zusätzlich zur ohnehin schon teuren Kollegstufenfahrt auf die Kanaren auch noch diesen Flug spendiert hatten. Aber die japanischen Großeltern hatten auch einiges springen lassen, als sie gehört hatten, dass Midori einen sehr guten Abschluss haben würde. Ihre Mutter hatte es wohl so klingen lassen, als ob der Flug sehr wichtig für Midoris spätere Karriere sei. Manchmal konnte Mama ein richtiger Schatz sein. »Wo bleibt denn dein Sinn für Abenteuer?«

»Abenteuer, ja?« Tom gähnte demonstrativ. »Das klingt unglaublich aufregend. A propos …« Er sah sich übertrieben vorsichtig zur Tür um und legte einen Arm um Midoris Taille. *Verdammt, das fühlt sich gut an. Das fühlt sich so richtig an.*

Midori ergriff entschieden seinen Arm und nahm ihn weg. »Nein, nein und nochmals: nein.«

»Du möchtest mich doch nur heiß machen. Ich spüre genau, dass du es auch willst.« Er streckte seinen Arm aus, öffnete langsam seine Hand und bewegte sie langsam zu Midoris Gesicht, als wolle er ihre Wange streicheln.

Midori sehnte sich nach dieser Berührung. »Was auch immer du da gespürt hast, es war bestimmt nicht mein unstillbares Verlangen nach dir.«

Seine Hand hielt inne, nur wenige Millimeter von ihrem Gesicht entfernt, dann ließ er sie fallen. »Dann werde ich allen erzählen, dass du lesbisch bist. Wahrscheinlich stimmt's ja auch. Es sei denn, du beweist mir das Gegenteil …« Auffordernd sah er sie an und hob die Augenbrauen. »Oder ich erzähle, wie du mich immer wieder anmachst und versuchst, mich zu verführen. Ich denke, das ist noch besser. Was Nina wohl dazu sagt?«

»Mach doch, was du willst.« Damit drehte sich Midori auf dem Absatz um und lief davon. *Scheiße, da komme ich nicht raus. In zwei Wochen bin ich wieder die Außenseiterin. Soll das ewig so weitergehen?*

Midori erwachte, als eine Flasche Wasser an ihre Lippen gehalten wurde. Sie verschluckte sich und musste husten, dann nahm sie Nina die Flasche aus der Hand und trank gierig.

Sie setzte sie ab und betastete ihre Unterlippe. *Aua, aua, aua.* Sie war stark geschwollen und jede Berührung schmerzte. Erst dann nahm Midori ihre Umgebung wahr.

Im Halbkreis um sie standen Nina, Katharina und Seher und sahen sie besorgt an.

Midori räusperte sich. »Wenn das der Himmel ist, muss ich wohl wirklich lesbisch gewesen sein.«

Seher sah sie ruhig an. »Du bist wirklich unglaublich.«

Katharina grinste. »Ich hab's euch gesagt, sie wird auch jetzt noch Witze machen.«

»Möchtest du etwas essen?«

»O ja, solange es keine Eier sind.« Midori lächelte Nina an, bis ihre Lippe spannte und sie schmerzerfüllt das Gesicht verzerrte. Sie biss die Zähne zusammen, versuchte, sich aufzusetzen, doch ein Schmerz im Rücken durchzuckte sie und sie verzog wieder das Gesicht. *Oje, ich bin ein Pflegefall.*

Sie waren am Strand. Midori lag in einem Schlafsack, direkt neben dem Zelt der beiden Männer. Ein kleines Feuer brannte nicht weit entfernt. *Was ist geschehen?*

»Dein Rücken sieht ziemlich schlimm aus. Dein Gesicht übrigens auch.« Midori betastete ihre Wange und ihre Nase; sie schienen auf das doppelte der normalen Größe geschwollen zu sein.

»Hier bitte.« Nina reichte Midori einen dampfenden Blechteller mit Bohnen und Speck. Midori sah die anderen fragend an.

»Der Blonde …«, begann Seher, »ist nicht mehr. Er hat ziemlich geflucht und wild in der Gegend herumgeschossen, nachdem du seinen Partner getötet hattest. Und das Boot war da ja wohl auch nicht. Er ist zurück zu seinem Zelt und hat sich richtig zugeschüttet. Männer! Als er dann laut geschnarcht hat, haben wir sein Gewehr genommen und ihn erschossen.«

»Er hatte es verdient. Ich habe ihm erst die Eier weggeschossen und dann das Gehirn«, sagte Nina finster. Sie hatte Tränen in den Augen.

Midori sah sie an und dachte an das Gesicht des Bärtigen, als sie ihn unter Wasser gedrückt hat.

»Du kannst von Glück sagen, dass Katharina dich gefunden hat. Du lagst in einem Busch und hast gezittert wie Espenlaub. Wir haben dich hierher geschleppt und neben das Feuer gelegt.«

»Danke.«

Mit Heißhunger verschlang Midori ihr Essen. Dann schlief sie wieder ein.

»Echt schade, dass Tom nicht mitgekommen ist.« Nina kontrollierte ihren Lippenstift in einem kleinen Taschenspiegel, dann ließ sie ihn zuschnappen.

»Er ist lieber mit den Jungs beim Saufen«, kommentierte Midori.

»Du magst ihn nicht.« Nina sah sie an.

Ja, Nina, er ist ein Arschloch. Er baggert mich ständig an. Und wer weiß, wen noch alles. »Doch. Wenn du ihn magst, muss ja etwas an ihm dran sein.«

Nina lächelte zweideutig. »Oh, ja. Und für dich, Midori, finden wir auch noch jemanden.«

Midori winkte ab. »Daijobu. Passt schon.«

»Doch, doch. Wie findest du denn Niklas?«

»Den Meine-Eltern-kaufen-mir-alles-was-ich-will Niklas? Den O-nein-meine-Eltern-haben-mir-ein-BMW-Cabrio-in-der-falschen-Farbe-gekauft Niklas?« *Oje, wie es aussieht, habe ich ganze Arbeit geleistet, denn du kennst mich überhaupt nicht, Nina. Du hast keinen Schimmer von mir, nicht wahr? Aber das macht nichts, hinter all den Lügen ist sowieso nicht mehr viel Midori übrig. Ich habe mich einfach aufgelöst.*

»Dafür kann er doch nichts. Aber verstehe, du suchst was Besonderes. Ist schon okay.« Sie sah zu Katharina, die verstohlen etwas in eine Kladde kritzelte. »Versprich mir, dass ich nicht zu Katharina ins Zelt muss. Die schnarcht sicher.«

»Hauptsache, wir sind zusammen.« Midori lächelte Nina an. *Gleich kotze ich.* »Und Hannah natürlich auch.« Sie drehte sich zu Hannah um, die direkt hinter ihnen saß. »Oder, Hannah?«

»Hä?«, rief Hannah, die im Lärm der Propeller kein Wort verstanden hatte.

»Hannah meint das auch«, kommentierte Midori und nickte Nina bedeutungsvoll zu. Hannahs hasserfüllte Blicke bemerkte sie schon nicht mehr. Aber die musste sie auch nicht sehen. Sie seufzte. *An Hannahs Stelle würde ich mich auch hassen. Seit der Grundschule war Nina ihre beste Freundin und dann kommt so eine dahergelaufene Japanerin, die eigentlich gar keine ist, und schnappt sie sich. Macht einen auf exotisch und cool und bootet dich aus. Weißt du was, Hannah? Ich finde mich auch scheiße. Aber mach dir keine*

Sorgen, bald ist Midori wieder ganz unten. Nenn sie schon mal Grünkohl und warte ab, ob sie rot wird.

Was kommt als nächstes? Ich studiere irgendetwas. Lerne Leute kennen, lüge und betrüge mich weiter durchs Leben. Dann ein Job und die Scheiße fängt von vorne an. Fuck, ich habe echt keinen Bock mehr.

Plötzlich wurde das monotone Brummen von einem lauten Krachen unterbrochen. Es schien von hinten zu kommen, aus dem Heck des kleinen Flugzeugs. Die Maschine sackte ein paar Meter durch, dann fing sie sich wieder.

»Puh, was war denn das?«, fragte Nina erschrocken.

Vielleicht ein Zeichen, Nina.

TAG 10

Das kleine Boot schlingerte und schaukelte auf den Wellen. So weit vom Ufer entfernt bemerkte man kaum, ob sie überhaupt noch vorankamen. Midori spuckte ins Wasser und sah die Spucke an sich vorbeiziehen. *Wir bewegen uns. Vielen Dank für diese eindrucksvolle Demonstration, Doktor Jordan.*

Sie saß vorne und genoss den Wind und die Gischt in ihrem Gesicht. *Ich bin ein Buckelwal, ich springe aus dem Wasser und tauche wieder unter. Ich bin auf dem Weg nach Hause.*

Hey, das bin ich ja wirklich. Das sind wir alle. Gut, dass sie im Zelt der Männer eine Karte gefunden hatten, so wussten sie, in welche Richtung sie fahren mussten. In wenigen Stunden würden sie auf Lanzarote sein. Zurück in der Zivilisation, wo es Duschen gab und saubere Kleidung. Und Swimming Pools und Hot Dogs und Reporter. *Und … unsere Familien.* Sie blickte an sich herunter. *Zehn Tage ohne Hose – die abenteuerliche Geschichte der Midori J. Klingt wie ein Bestseller.*

Sie sah zu ihrer Insel zurück, die langsam hinter dem Horizont verschwand. Zehn Tage hatten sie auf dem kleinen Eiland zugebracht. Laut Karte hieß es »Isla de la Esperanza«, Insel der Hoffnung. Sie dachte an den Strand, an den duftenden Wald und die Möwen. Die konnten jetzt zumindest wieder auf Ruhe hoffen.

Sie sah die anderen an. Nina lenkte. Ihr blondes Haar wehte im Wind und sie sah so frisch aus, dass sie auf der Stelle Werbung für Joghurt machen könnte.

Katharina saß daneben. *Sie ist überhaupt nicht hässlich*, dachte Midori. »Hey, Schwester, was geht«, rief sie ihr zu und Katharina zeigte ihr grinsend eine Ghetto-Faust.

Seher hockte neben Midori. *Ich muss es einfach wissen. Vielleicht kann ich nie wieder ungestört mit ihr sprechen.* »Seher ...«

»Midori?« *Wie streng sie klingt. Seher wird bestimmt einmal Lehrerin.*

»Ich wollte dich noch was fragen ...« *Hast du Greta umgebracht? Vielleicht sollte ich es einfach auf sich beruhen lassen.*

»Ich weiß. Du willst wissen, was ich am ersten Tag gemacht habe.« Sie machte eine Pause. »Ich würde alles für meine Geschwister tun.«

»Das ist deine Antwort?«

»*Alles*. Das ist meine Antwort.«

Wieder sagte niemand etwas. *Mörder unter sich. Alle haben wir getötet. Katharina aus Bosheit, aber sie hatte Vanessa nicht umbringen wollen, Seher aus Liebe und Verantwortung, Nina aus Rache … und ich? Aus Killerinstinkt? Habe ich auch aus Verantwortung getötet? Vielleicht kann ich mir das irgendwann einreden. Aber hätte es nicht eine andere Möglichkeit gegeben? Hätten sie die Männer ziehen lassen können?*

»Vielleicht können wir ja mal ein Eis zusammen essen gehen oder so. Mit deinen Geschwistern.«

»Ja. Du bist in Ordnung, Midori.«

Die grinste sie an. *Na, na, verausgabe dich mal nicht emotional, Seher.*

Dann dachte sie an all jene, die auf der Insel zurückgeblieben waren. Mia, Vanessa, Greta, Hannah, den blonden Mann und den Schönen mit dem Bart. Ihr war, als stünden sie am Ufer und winkten ihr zu. *Ich werde euch nie vergessen.*

Das bin ich euch schuldig. Wir alle werden euch nie vergessen. Sie wischte sich eine Träne aus dem Augenwinkel.

»Hey«, sagte Seher sanft und legte ihren Arm um sie. Midori sah sie an. *Der Beginn einer wunderbaren Freundschaft? Warum nicht, Midori? Verdammte Scheiße, warum eigentlich nicht.*

Ende

DANKE! ... UND EIN WENIG ÜBER MICH

Ich möchte mich bedanken, dass Sie dieses Ebook gekauft haben. Sie unterstützen damit einen freien Autor und Selfpublisher und tragen zu mehr Vielfalt in der Leselandschaft bei. Obwohl ich den Text mit viel Sorgfalt verfasst habe und ein Freund ihn akribisch korrigiert und lektoriert hat, sind womöglich immer noch ein paar Fehler drin; da habe ich als freier Autor einfach nicht die gleichen Mittel wie die etablierten Verlage. Das bitte ich zu entschuldigen.

Ich hoffe, Ihnen hat mein Thriller gefallen. Falls ja, freue ich mich über eine Email von Ihnen oder eine Rezension in dem Shop, in dem Sie das Ebook gekauft haben.

Falls es Ihnen nicht gefallen hat, dann tut mir das sehr leid. Und es interessiert es mich noch mehr, was Ihnen nicht gefallen hat. Auch dann würde ich mich sehr über eine Email freuen. Erkundigen Sie sich doch, ob es möglich ist, das Werk wieder zurückzugeben und sich den Kaufpreis erstatten zu lassen – ich möchte Ihnen ja nicht das Geld aus der Tasche ziehen für etwas, das sie gar nicht wollen.

Wollen Sie wirklich etwas über mich wissen?

Na gut. Ich bin Jahrgang 1974 und wohne in München. Ich trinke gerne Kaffee, Wein und Bier. Ich mag die Natur und liebe Katzen.

Wie man auf dem Foto sieht, ist meine Nase ziemlich groß und ich habe Ohren wie Buddha.

Wenn Sie Lust haben, schreiben Sie mir eine Email an anderfeldt@gmail.com oder besuchen Sie mich auf meiner Webseite www.ander-feldt.de

Vielleicht ja bis bald.

Ihr *Martin P. Anderfeldt*

PS: Es folgen ein paar Leseproben. Viel Spaß damit!

Jakob kam auf eine Lich-
tung, die er nie zuvor
gesehen hatte. Er musste
auf der Hut sein, er
wusste, dass der Wald
Spielchen mit ihm spielte,
wenn er unvorsichtig
war. Zwei der riesigen
Kiefern waren umgefal-
len und hatten eine Lücke

in die dichte Vegetation gerissen. Aus der Luft
würden die beiden beinahe wie ein »X« aussehen. Oder wie ein Kreuz. Kein gutes Zeichen.
Jakob beschloss, nicht quer über die Lichtung
zu gehen, sondern am Rand zu bleiben. Wie ein
umgestürzter Sonnenschirm aus Erde und Holz
ragte der Wurzelstock eines der Bäume vor ihm
auf. Die Wurzeln, manche dicker als sein
ganzer Körper, andere haarfein, hielten die Erde
fest und bildeten einen dichten Schild. Dort, wo
der Baum gestanden hatte, klaffte ein Loch im
Boden. Es war nicht tief, eigentlich eher eine
Mulde, doch hütete er sich, hineinzusteigen.
Jakob ging weiter um den Baum herum. Ihm

war, als habe der senkrecht stehende Wurzel-stock etwas abgeschirmt, das nun sichtbar wurde.

War es etwas, das er sehen sollte? Das »X« deutete auf einen Schatz hin. Aber es konnte auch eine Falle sein.

Dort, in der Mitte der Lichtung,

lag etwas.

Lag

jemand.

Für einen Moment dachte er an das Mädchen, doch die Kleidung passte nicht zu ihr, die Gestalt wirkte größer. Er atmete auf.

Er kniff die Augen zusammen, ging aber nicht näher heran. In einem Halbkreis schritt er am Rand der Lichtung entlang, sorgfältig darauf bedacht, nicht in den Kreis zu treten. Aus irgendwelchen Gründen war die Gestalt schwer zu erkennen, er war sicher, dass es kein Erwachsener war, aber er konnte nicht einmal mit Sicherheit sagen, ob es ein Junge oder ein Mädchen war. Irgendetwas an der Kleidung ließ ihn eher an ein Mädchen denken, doch das war alles andere als sicher. Seine Augen begannen zu tränen und je mehr er sich konzentrierte, desto verschwommener wurde die Gestalt. Sie lag auf dem Rücken, die Knie ragten in die Höhe, ganz so, als sonnte sie sich. Aber wer würde hier sonnenbaden? Jakob fragte sich, ob das Mädchen tot war. Aber würden bei einer Leiche so die Beine stehenbleiben?

Er versuchte, einen Blick auf das Gesicht zu erhaschen. Ein paar Lichtstrahlen der untergehenden Sonne fielen darauf, aber sie kamen von der anderen Seite und blendeten ihn. Das Licht fing sich in den Haaren und brachte sie zum Leuchten wie einen Heiligenschein. Jakob sah die Silhouette des Gesichts, die Nase, die Stirn, aber es war nicht genug, um zu erkennen, wer es war.

In diesem Augenblick schlug die Kirchturmuhr zwei Mal. Jakob spürte, wie es kühler wurde.

Ende der Leseprobe

Das Buch ist überall im Handel erhältlich – als E-Book und Taschenbuch.

DER KLEINE VOGEL DES TODES - LESEPROBE

In diesem Augenblick öffnete sich die Tür, und der Hausmeister betrat die Wohnung. »Ich wollte nur fragen, ob ich Ihnen eventuell etwas heruntertragen …« Sein Blick fiel auf Lisa, die sich gerade mühsam erhoben hatte und ihn entsetzt anstarrte.

Lisa sah an sich hinab. Sie wurde sich bewusst, dass sie ein Abendkleid trug, das der Toten gehört hatte. Und geschminkt war sie auch noch.

»Äh …«, sagte sie. Sie spürte, wie sie errötete. Hätte er sie nackt vorgefunden, wäre es nicht weniger peinlich gewesen.

Sorgsam verschloss der Hausmeister die Tür hinter sich und kam auf sie zu.

Lisa blickte zu Boden. Am liebsten wäre sie darin versunken. Oder zumindest unsichtbar geworden, wie in ihrer Kindheit.

Er blieb am Eingang des Wohnzimmers stehen. »Gefällt Ihnen das Kleid? Behalten Sie es doch.«

Ungläubig sah Lisa ihn an. Der Mann zwinkerte ihr freundlich zu. »Na ja, sie kann ja jetzt nichts mehr damit anfangen, oder? Und ich bin sicher, Fräulein Rapp hätte nichts dagegen.«

Lisa schüttelte den Kopf. »Nein, nein, entschuldigen Sie. Was ist nur in mich gefahren … ich meine, Sie müssen mich ja …« Sie lachte hysterisch auf.

»Ach was, wir machen alle mal Fehler.« Er winkte ab. »Schwamm drüber.« Er ging an Lisa vorbei zum Sofa und setzte sich auf die Lehne. »Eigentlich wollte ich nur sehen, wie Sie arbeiten.«

Lisa nickte eifrig. Normalerweise hätte sie ihn hinauskomplimentiert, aber jetzt war sie so eingeschüchtert, dass sie nichts sagte. Sie wollte ihn auf keinen Fall verärgern, damit er ihrem Chef nichts verriet. »Natürlich. Ich ziehe mich nur rasch um«, sie deutete in Richtung Schlafzimmer.

»Wozu denn? Wir sind doch unter uns. Ich mag das Kleid auch. Ich denke, Ihnen steht es sogar besser.«

»O–okay.« Lisa wurde bewusst, dass sie immer noch die Zigarettenkippe in der Hand hielt, und ließ sie unauffällig fallen. Sie kniete sich hin und griff in ihren Koffer. »Hier, sehen Sie«, sie deutete auf den feuchten Fleck auf dem Boden, »hier hat der Enzymreiniger eingewirkt. Jetzt muss ich nur noch die Reste des Schaums wegwischen.«

Sie nahm einen Schwamm, besprühte ihn mit dem Reiniger und begann zu wischen. »Sehen Sie? Kein Blut mehr. Sie wollten doch wissen, ob wir spezielle …« Sie sah kurz zu ihm. Der Hausmeister saß immer noch auf der Lehne des Sofas. Er hatte das iPad in die Hand genommen und studierte es. Verdammt, warum hatte sie das Ding nur nicht abgeschaltet? Wenn es am Netzteil hing, dauerte es wahrscheinlich ewig, bis es von selbst in den Ruhemodus ging. Hatte sie wenigstens das E-Mail-Programm beendet? Sie war sich nicht sicher. Verdammt. Er sah auf.

»… äh, und das hier ist so ein spezieller Reiniger. Genau. Ein Enzymreiniger, wir beziehen ihn von einer Firma in den USA, die kennen sich ja mit Blutflecken aus, nicht wahr?« Sie schnaubte, dann blickte sie wieder zu Boden, wischte hektisch weiter und rubbelte an der kaum sichtbaren Verfärbung herum.

»Das muss dann etwa eine halbe Stunde einwirken ...« Plötzlich schrie sie auf. Der Hausmeister war hinter sie getreten und hatte ihr beide Hände auf die Hüften gelegt. »Sprich nur weiter, es ist sehr interessant.« Er rieb sich an ihrem Hintern, und sie konnte spüren, dass er erregt war. Jetzt nicht schreien, sagte sie sich. Ruhig bleiben, du bist kein Opfer. Lass nicht zu, dass er dich zum Opfer macht.

»Äh, ich bin schon fertig.« Sie machte Anstalten, aufzustehen, und war überrascht, als er sie einfach losließ. »Oh, da fällt mir ein ... ich brauche noch etwas aus dem Auto.«

»Was brauchst du denn noch?«

»Eine ... ein Tuch. Ein Mikrofaser-Reinigungstuch. Für die Ritzen vom Parkett.« Sie ging einen Schritt in Richtung Tür. »Dann werd ich mal ... ich bin gleich wieder da.« Sie winkte halbherzig und wandte sich um.

Ende der Leseprobe.

Wie es wohl weitergeht? *Sicher anders, als Sie denken …*

Die Geschichte gibt es überall, wo es E-Books gibt.

Takeo besucht Mei.

Und so betrat Takeo zum ersten Mal Meis Wohnung. Sie war auch nicht viel größer als seine, aber immerhin nicht direkt unter den Bahnschienen gelegen.

Mei befahl ihm, sich auf die Tatami-Matte an einen niedrigen Tisch zu setzen und öffnete für jeden eine Dose Bier. Sie nahm ihm gegenüber Platz, stand aber immer wieder auf, um irgendein Gemüse zu schneiden, etwas aus dem Kühlschrank zu holen, oder den Topf umzurühren. Sie trug eine Schürze, auf der Doraemon mit Kochmütze abgebildet war, wie er gerade einen Teller mit leckerem Essen aus seiner Bauchtasche zog.

„Kennst du die Köchin?"

„Was meinst du – dich?"

Mei verdrehte die Augen. „Nein, die *Köchin*. Nicht weit von hier lebte eine Frau, die immer einsame Männer eingeladen hat, um für sie zu kochen."

„So wie du."

„Moment mal – du bist einsam? Ich kenne Popstars, die weniger umschwärmt sind. Na, jedenfalls sind oft Männer mit ihr mitgegangen. Sie sah wohl auch ganz gut aus und vielleicht haben sich die Männer mehr als nur Hausmannskost von ihrem Besuch versprochen."

„Sie hat sie alle getötet."

Sie machte ein grimmiges Gesicht und boxte sie ihm gegen die Schulter. „Hör's dir doch erst einmal an. Sie hat sich dann ihre Schürze angezogen, dem Mann ein Bier gegeben und gefragt: ‚Was soll ich dir kochen, magst du Fleisch?' Und wenn er ‚ja' geantwortet hat, hat sie sich von hinten an ihn angeschlichen, ihn zerhackt und gekocht."

„Und wenn er gesagt hat, dass er sich nichts aus Fleisch macht?"

„Wie viele einsame Männer kennst du, die kein Fleisch mögen?" Sie zog die Augenbrauen hoch und sah ihn auffordernd an. Als er schwieg, nickte sie zufrieden.

„Siehst du?"

Nach einer Weile sagte Takeo: „Bitte kein Fleisch für mich." Beide prusteten heraus.

„Warum eigentlich ich?", fragte Takeo. Diese Frage bewegte ihn schon lange.

„Warum du – was?" Sie stand am Herd und pustete auf die heiße Suppe in ihrem Löffel.

„Na, warum bist du so … nett zu mir?"

„Bin ich denn zu anderen Menschen nicht nett?"

„Doch, das bist du. Ich glaube, ich kenne niemanden, der so freundlich ist wie du."

Sie lächelte ihn an, doch glaubte er, Wehmut in ihren Augen zu sehen. Sie nahm den Kochlöffel und schüttete ein wenig Soße in einen kleinen Löffel zum Probieren. Sie schlürfte sie und nickte zufrieden.

„Warum ich?"

Takeo schwieg und wartete auf eine Antwort. Nach einer Weile drehte Mei sich ganz zu ihm um und lehnte sich an den Herd.

„Deswegen." Sie hob ihren kleinen Finger. Dann fuhr sie fort: „Siehst du den roten Faden, der uns verbindet?"

Takeo starrte auf seinen kleinen Finger und wusste nicht, was er sagen sollte. „Tötest du mich, wenn ich sage, dass da gar kein Faden ist?"

Mit gespieltem Zorn schlug sie mit dem Kochlöffel in seine Richtung und wurde dann wieder ernst. „Ich spürte den Faden, als ich dich zum ersten Mal sah. Ich habe von dir geträumt."

Ende der Leseprobe.

NACHWORT, ABER KEIN SCHLUSSWORT

Na sowas, sind Sie immer noch da?

Wollen Sie wissen, wie es weitergeht mit Midori und den anderen?

Da sind Sie nicht allein. Ich hatte die Geschichte immer für abgeschlossen gehalten, aber jetzt haben mir schon viele Leser geschrieben (danke!) und eine Fortsetzung gewünscht.

Da muss ich mich wohl beugen, oder?

Außerdem interessiert es mich auch brennend, was noch alles passiert. Na gut, ich gebe zu: Ich weiß es schon. Die Fortsetzung kommt.

Versprochen.

Schöne Grüße,

Martin